우아한 여행

이 책은 '2019 NEW BOOK 프로젝트–협성문화재단이
당신의 책을 만들어드립니다.' 선정작입니다.

배낭 멘 아줌마의
우리 아름다운 **한국** 홀로 여행

———

박미희

우아한 여행

산지니

햇수로는 3년, 달수로는 22개월, 날수로는 542일간의 여행이었다

왜 여행을 하나요?

내가 국내 여행을 결심한 것은 스페인 산티아고 순례길을 걸을 때였다.

2013년에 나는 무거운 45리터짜리 배낭을 메고 스페인 산티아고 순례길을 걸었다. 내 인생에 잊을 수 없는 여행 중 한 페이지가 아닐 수 없다. 순례길은 프랑스 생 장 피에드 포르에서 스페인 산티아고 대성당까지 걸어가는 800킬로의 여정이었다. 걷다 보면 약 4킬로 거리마다 마을이 나타나고 쉬어 갈 수 있는 카페가 있다. 모든 짐을 메고 걸어가야 하기에 마을이 나타날 때마다 배낭을 내려놓고, 여행객들과 커피를 마시며 담소를 나누었다. 우연한 만남이지만 다양한 사람들과의 이야기가 신선하고 즐거웠다. 이 길에서 맛본 또 하나의 즐거움은 마을이 간직하고 있는 색다른 이야기를 만나는 것이었다. 어떤 마을에서는 주둥이가 한없이 긴 술주전자로 저 멀리 있는 잔에 포도주를 따라주는 포도주 축제를 즐겼고, 다른 마을에서는 순례길에서 받은 축복이 너무 커 평생 봉사로 헌신하며 살았던 공주의 이야기를 만났다. 또 인간이 바칠 수 있는 최대의 예술혼을 담은 듯한 하늘 높이 치솟은 성당을 만났을 때는 그 아름다움에 취해 한동안 입을 다물 수 없었다.

고색 깃든 도시 팜플로냐를 가기 전에 있는 비야바 마을에서
는 말이 잘 통하지 않는데도 포근하게 안아주며 음식을 자꾸
내주는 주민들을 만났다. 무척이나 정겨웠다. 우리네 할머니 할
아버지와 똑 닮았다. 바로 이때였다. 불현듯, 우리나라 곳곳을
다녀보고 싶다는 생각이 들었다. 우리 땅, 우리 마을에는 어떤
이야기가 숨겨져 있을까? 어떤 만남이 있을까?

그 만남으로부터 나의 여행은 시작된 셈이다. 스페인에서 돌
아오자마자, 나는 지도를 펼쳤다. 그리고 생각했다. 어떻게 해
야 우리나라 모든 곳을 내 두 발로 걸을 수 있을까? 일단 우리
나라 시와 군의 숫자를 헤아렸다.

우리나라에는 162개의 시·군이 있다.[1개의 특별시(서울), 1개
의 특별자치시(세종), 6개의 광역시(광주, 대구, 대전, 부산, 울산, 인천),
1개의 특별자치도(제주, 서귀포) 그리고 8개의 도에 152개의 시와 군.]
그중 제주도는 2010년에 올레길을 완주한 바 있고, 목포는 여
성이 혼자 여행하는 것이 안전한지 알아보기 위한 시험여행으
로 미리 다녀왔다. 3년의 기간 동안 여행 준비를 했다. 그렇게
나의 전국 모든 시·군에서 사흘씩 살아보는 특별한 여행은 시
작되었다.

542일 동안 우리나라 방방곡곡에서 가슴 뭉클한 이야기, 애
달픈 이야기, 아름다운 이야기를 만났다. 반만년의 역사를 가진
민족이기에 어느 골짜기를 가나 우리의 역사가 있고 사람 냄새

향기로운 이야기가 가득하였다.

아낌없이 주는 나무처럼 한없이 내어주던 봉화 산꾼님, 따끈 따끈 맛난 밥을 차려주겠다며 노랗게 탄 밥을 내어주던 경주 스님, 낯선 나를 스스럼없이 재워준 천안의 정 많은 부부……. 그저 우리 강산이 궁금하여 떠난 여행인데 상상 이상의 선물이 나를 기다리고 있었다.

"왜 여행을 하나요?"

2017년 초가을 영동에서 만난 박 선생님이 물었다. 순간 머 릿속이 띵했다. 그의 물음에 당황하였다. 매일 즐겁게 여행을 하고 있기는 한데, 왜 여행을 하고 있지?

그냥 하고 싶은 것을 찾아서 걸어온 걸음이 여행길 위에 있 었다. 질문을 받고 그제야 뒤돌아 스스로 물어보았다. 우리 땅 모든 시와 군에서 사흘 동안 살아보는 이 여행을 나는 왜 하고 있을까?

십여 년 전에 보았던 중환자실의 모습이 떠올랐다.

누구보다 건강하던 남편이었다. 아무리 바빠도 매일 운동을 하고, 여러 영양제를 챙겨 먹던 그였다. 그러던 남편이 어느 날 갑자기 백혈병에 걸렸다. 심한 감기에 걸렸다고만 생각했는데 그게 아니었다. 병은 급속하게 진행되어 한 달도 안 되어 중환 자실로 가야만 했다. 처음엔 짧은 면회 시간 동안 남편만을 바 라보느라 아무것도 보이지 않았다. 그런데 최악의 상황도 익숙해지는가 보다. 며칠이 지나니 중환자실 다른 침상의 모습이 조금씩 눈에 들어오기 시작했다. 주위를 둘러보며 심장이 덜컹했다. 얼마나 중환자실에 누워 있었는지조차 모를 환자들. 줄줄이 연결된 선 끝의 계기만이 움직이고 있었다. 바싹 말라 뼈만 앙상한 사람들.

'산송장이라는 것이 이런 것인가?'

'이 사람들은 살아 있는 것일까?'

'살아 있다는 것은 어떤 뜻일까?'

머릿속에서 수많은 생각이 부딪쳤다. 그리고 또 하나의 의문이 불쑥 일어났다.

'나는 살아 있는 것일까?'

남편이 중환자실에 들어가기 전까지 나는 지극히 단조롭고 좁은 삶을 살았다. 새장 속의 새처럼 집이 세상의 전부였다. 남편은 안의 일과 밖의 일을 지독히도 구분하는 가부장적인 사람이었다. 같은 약사였지만 바깥일인 약국은 남편의 몫이었다. 나는 집 안에서 매일 하루 세 끼 밥을 하고 아이들을 돌보았다. 남편은 매끼 김이 모락모락 오르는 새로 지은 밥을 원했고, 나는 그것을 해대느라 시도 때도 없이 부식을 사 날랐다. 아이들에게는 엄마이기보다 졸졸 따라다니며 잔소리하는 성질 나쁜 가정교사 같았다. 약국 일로 바쁜 내 약사 친구들은 이런 나를 마님이라 불렀다. 하지만 나는 행복하지 않았나 보다. 여기저기 안 아픈 데가 없어 병원을 찾았다. 의사는 그렇게 여러 곳이 아픈 것은 한 군데도 안 아픈 것이라고 말했다. 그것은 마음이 아픈 것이라고…….

섬뜩하게 놀란 중환자실에서 또다시 물었다.
'어떻게 살아야 살아 있는 삶일까?'

이후로 나는 하고 싶은 일을 하며 살자고 다짐했다.

남편이 무지개다리를 건넌 후 20년 넘게 운영하던 약국을 닫았다. 나는 약사보다는 다른 삶을 택했다. 대안학교 야생화 교사가 되었다. 들에 피어난 작은 꽃을 사랑하는 숲해설가로 활동했다. 생명을 다하고 스러져가는 열매껍질, 나무토막, 마른 잎의 아름다움을 찾아주는 생태공예가로 살았다. 내가 사는 춘천, 제주도 올레길, 산티아고 순례길을 걸었다. 그리고 지금 소개하는 전국 모든 지역에서 삼 일간 살아보는 여행을 했다. 내가 원하는 것을 구현하며 사는 것이 살아 있는 삶이라고 생각했기 때문이다. 살아 있다는 것은 하고 싶은 일을 할 시간이 아직 남아 있다는 것 아닐까?

2016년 3월 31일. 여행의 첫걸음을 떼었다. 내게는 아주 특별했던 그날을 지금도 잊을 수 없다. 내게도 봄날은 오고 있었다. 새 세상이 열리는 중이었다. 공기도 어제 마셨던 그 공기가 아니다. 자유롭고 신선하고 맛있다. 나무도 어제의 그 나무가 아니다. 팔을 벌려 만세 부르며 나를 향해 미소 지었다. 모두가 나의 첫걸음을 축복하고 있다. 낯선 곳을 향하는 두려움도 일 지만 대단한 출발을 했다는 자긍심이 더 컸다. 스스로가 멋지 다. 나이 쉰을 넘은 여자가 홀로 여행한다는 것은 쉽지 않은 일 이기에 더욱 자랑스럽다. 나 지금 떠난다고 사방팔방 온 누리 에 소리치고 싶었다. 가슴은 이미 콩닥콩닥 요동치며 우리 아 름다운 강산을 달려가고 있었다.

햇수로는 3년, 달수로는 22개월, 날수로는 542일간의 여행이 었다.

여행의 시작점은 대구였다. 당시 춘천 고속버스터미널 노선 은 딱 두 개였다. 대구와 광주. 2016년은 대구를 향해, 2017년 은 광주를 향해 여행을 출발했다.

대구에서 시작하여 경상북도를 여행하였다. 우리나라 백두 대간의 동쪽, 동해안을 따라 강원도 고성까지 올라갔다. 이어 휴전선과 함께 서쪽으로 이동하였다. 날씨가 추워지자 남쪽 해 안으로 내려가 여행하였다. 유자 향기 가득한 고흥에서 2016 년의 여행을 마감했다. 겨울 추위를 피하고 여행경비도 벌 겸 두 달 동안 일을 했다. 2017년 봄 3월 2일 여행을 다시 시작했 다. 광주광역시로 내려가 전라남도를 여행하고 충청남도와 충 청북도, 경기도를 구석구석 훑으며 올라왔다. 겨울이 되어 따뜻 한 경상남도 쪽으로 내려갔다. 날씨가 추워질 때 여행하기 위해 남겨둔 곳이다. 드디어 2018년 2월 25일, 거제도 옥포에서 542 일간 여행의 마침표를 찍었다. 전국 대장정을 완수했다. 이순신 장군이 첫 승전고를 울렸던 옥포해변에서 나도 내 인생의 승전고를 울렸다.

　여행을 출발하며 '과연 끝까지 잘 마칠 수 있을까?' 걱정이 되었다. 혹시 무슨 일이 있어 중간에 멈추더라도 결코 슬퍼하지 말자고 스스로 다짐도 했다. 무사히 여행을 마치고 나니 모든 것에 감사하다. 하늘과 땅에도 감사하고, 해와 달에도, 비와 바람에도, 풀과 나무에게도 감사하다.

　무엇보다 엄마의 여행을 믿어준 나의 아이들 '햇살이와 영빈이'에게 고맙다. 엄마가 멀리 있어도 격려해 주고 자기 일에 최선을 다하는 딸과 아들이 대견하다. "고마워! 사랑해!"라고 크게 말해주고 싶다.

　특히 전국에서 만난 잊을 수 없는 고마운 분들에게 감사의 인사를 올린다. 잠을 재워주고, 차를 태워주고, 길을 알려주고, 따뜻한 선물을 주고, 마음을 보내준 분들이 너무나 많다. 그리고 여행 중간중간에 합류하여 함께하며 여행의 깊이를 더해준 동반자들에게도 감사의 마음을 전한다.

　내 마음에 가득한 이 감사함을 다 찾아가 갚을 수는 없을 것이다. 그 감사함을 앞으로 내가 만날 모든 분들에게 나누며 살아가기로 다짐한다.

차례

풍경에게
배우는 나날들

여자 홀로,
여행한다는 것에 대하여

길 위의 만남에는
특별한 것이 있다

만나는 분마다 너무 소중해 그냥 스쳐 보내기가 아쉬웠다. 배낭 안에 있던 보자기를 꺼내 인연이 닿은 사람들의 사인을 받기 시작했다. 땅끝 해남에서, 서해바다 깊은 섬 대청도에서, 양구 해안마을에서, 임실 옥정호에서, 의성 산사에서······.

다양한 삶, 다양한 만남

여행에는 다양한 삶을 만나는 즐거움이 있다. 나의 생활 범주에서는 절대로 만나기 힘든 사람들을 만났다. 향교 경비원을 하는 목사님을 만나고, 수박 꽃가루받이를 하러 전국을 돌아다니는 분을 만났다. 배를 타고 고기를 잡는 어부, 악기를 만드는 분, 사찰에서 공양을 담당하는 공양주를 만나고 큰 사업을 한다는 분도 만났다.

저마다 자기 앞에 주어진 삶을 자신만의 방식으로 만들어가고 꾸며가고 있었다. 어떤 일도 만만하지는 않다. 그래도 순간순간 최선을 다하며 삶이라는 예술작품을 만들어가는 사람들을 만났다. 우린 하나의 삶만을 살 수 있다. 그래서 다른 사람들은 어떻게 살아가고 있는지 궁금하고 알고 싶다.

산청에서는 처음 보는 분들과 파티를 하며 삶의 여러 모습을 만났다. 남명 조식 선생이 살았던 '산천재'를 찾아가다가 잠시 쉬려고 밤머리재에 멈췄다. 그곳에 버스를 개조한 카페가 있었다. 카페 사장님이 구워 먹으라고 밤을 잔뜩 내주셨다. 군밤을 나눠 먹으며 이야기를 주고받던 사람들이 아예 잔치를 벌였다. 처음 만난 사람들이지만 이야기가 잘 통하니 갑자기 흥겨운 모임이 시작된 것이다.

경상도 부부가 파티의 문을 열었다. 금방 떠 온 향어 회를 들고 와 함께 먹자고 했다. 향어 회가 정말 맛있다는 것을 처음으로 알게 되는 순간이었다. 또 다른 분은 전직 국가정보부의 요원이었다는데 포스가 남달랐다. 장수 같은 풍채에 손은 내 손의 두 배는 될 정도로 두터웠다. 그 손에 한 대 맞기라도 한다면 뒤로 나자빠질 것 같다. 부드러운 기색이라고는 눈곱만치도 없는 거센 말투로 사람을 죽이라면 죽여야 하는 삶을 살았다고 말했다. 영화 '실미도'에서 본 거짓말 같은 역사를 현장에서 겪은 듯 생생하게 설명해주기도 했다.

그리고 다른 손님은 밤머리재 카페에 자주 오는 단골손님이었다. 가까이에 있는 터널 공사 현장에서 폭파를 담당하고 있단다. 터널 공사는 1차 폭파 팀이 폭약을 설치하고 폭파를 시키면 이후에 2차 잔해 제거 팀이 폭파된 돌들을 실어내는 식으로 진행된다. 잔해 제거 팀이 작업하는 동안이 휴식 시간이라 쉬러 왔다가 파티에 합류하게 됐다.

카페 사장님은 예전에 사업을 하던 분이었다. 사업이 아주 많이 번창했었다. 그런데 갑자기 몸이 아프기 시작해 수술과 수술이 이어졌고, 불과 몇 년 전까지도 병원을 오가는 게 일상이 되었다. 삶을 포기하고 이 깊은 곳으로 내려왔다. 그런데 마지막이라 생각하고 찾아온 곳에서 오히려 건강을 찾았다. 지금은 건강한 날쌘돌이가 되어 지리산 자락을 오르내리며 버스 카페를 운영하고 있다.

파티가 벌어지자 카페 사장님은 향이 짙은 돌배 술을 꺼내 오고 냉동실에 있던 가오리도 쪄하여 내놓았다. 한 잔 술이 들어가자 분위기는 더욱 익어 이미 오랜 지기가 둘러 앉은 듯했다.

저마다 다른 삶의 이력에도 불구하고 우리는 화기애애하게 이야기를 나누며 웃음꽃을 피웠다. 서로의 인생길에서 잠시 교차하며 만난 이 시간이 즐거웠다. 국가정보부, 내가 이해할 수 없는 삶이면 어떤가? 폭파 팀, 내가 모르던 삶이면 어떤가? 카페 사장님, 우리는 수많은 질병 앞에 다 같은 나약한 존재다. 이제는 펑퍼짐해진 나이를 무기 삼아 한 잔 술에 마음의 빗장을 풀고 스스럼없이 친구가 되었다.

울릉도를 여행할 때는 배를 운항하는 선장님을 만났다. 연세 지긋해 보이는 선장님은 죽도를 오가는 배에서 운항을 하면서 해설도 하고 있었다. "죽도록 오고 싶었던 죽도에 오신 걸 환영합니다!"라며 너스레를 늘어놓는 선장님은 척추가 심하게 굽은 장애를 가지고 있었다. 일반적으로 장애인들은 자신을 특별하게 보는 게 가장 힘들다고 한다. 그런데 몸이 불편함에도 불구하고 자신의 일을 즐겁게 하는 모습, 모든 사람에게 마음 푸근히 웃어주는 모습에 나는 그 분을 특별하게 안 볼 수가 없었다.

선장님도 내가 좀 특별하게 보였는지 편하게 "잘 돌아보았어요?"라며 말도 걸어주고, 배에서 내릴 때는 잘 가라는 눈인사도 했다.

독도를 다녀오는 길에 우연히 선장님을 다시 만났다. 배에서 잠시 스쳤을 뿐인데 우리는 서로를 알아보고 반가운 인사를 나눴다. 마침 선장님이 쉬는 날이어서 그날 여행을 함께 하기로 했다. 우리는 예쁜 정원 '예림원'을 보고 나리분지에 가 부지깽이 나물밥을 먹었다. 또 아름다운 숲길을 걸어 신령들이 먹는다는 신령수를 찾아가 마셔보았다.

선장님은 배를 운항하는 일은 차를 운전하는 일보다 열 배이상 더 힘들다고 했다. 바람도 알아야 하고, 파도도 볼 수 있어야 한다. 안개로 앞이 보이지 않을 때도 길을 찾을 수 있어야 하기에 보통 어려운 일이 아니다. 더구나 몇백 명이 타는 배를 운항하는 것은 아무나 할 수 있는 일이 아니라 했다.

조카 결혼식에 가고 싶은데 휴일은 사람들이 더 많이 와 갈수 있을지 모르겠다는 걱정도 나누고, 봄이 되면 지천으로 명이가 올라오니 명이를 보내주겠다는 얘기도 나누었다.

이날 선장 일을 하시는 분과의 시간은 색다른 데이트가 되었다. 선장님도 낯선 여행자와 함께 길을 걷는 것은 처음 있는 일이라 오늘이 참 특별한 날이라고 했다. 선장님과 이야기를 나누며 장애가 있어도 삶을 멋지게 사는 것에 호감을 느꼈던 내가 오히려 부끄러워졌다. 이제 선장님이 전혀 장애인으로 보이지 않았다. 누구보다도 온전하고 멋진 삶을 살아온 이 땅의 한어른이었다.

창원에서는 길거리 공연을 하는 가수를 만났다.

'노래는 이번 생애 안 되는구나' 하고 스스로 포기한 나였기에 노래 잘 부르는 사람은 다 멋져 보였다. 그녀가 작은 공원 카페에서 맑고 청아한 목소리로 노사연의 '바램'을 불렀다. 내 마음이 그녀가 부르는 노래를 따라 절절해지고 애달파지면서 노래에 빠져들어 갔다. 가수 중의 가수 명가수였다. 그녀에게 홀딱 반했다. 게다가 성격도 시원시원하면서 명쾌했다. 우리는 서로 인사를 나누면서 금세 언니와 동생 하기로 했다. 언니를 따라 처음으로 7080 노래방에 가보았다. 녹음실에 들어가 노래를 녹음해보기까지 했다. 또 노래를 좋아하는 부부를 만나 함께 노래 만찬회를 벌였다. 모여서 연습한 노래를 불러보고, 서로 코치해주고, 다시 노래 부르며 행복해했다.

노래는 흥과 감성으로 사람과 사람을 이어준다. 노래라는 분야가 아주 수준 있게 다가왔다. 언니 덕분에 나와는 전혀 관계가 없다고 생각했던 노래라는 새로운 세계로 한 발을 내디뎠다.

이렇게 다양한 사람들을 만나다니! 나의 삶에 놀라운 일이다.

내 삶은 단조로웠다. 만나는 사람도 관심 분야도 좁았다. 다른 삶 다른 세상에 대해서는 영 깜깜한 우물 안 개구리였다.

길을 떠난 덕분에 각양각색의 분야에서 푹 우러난 진국 같은 삶을 살아가는 사람들을 만났다. 자기 앞의 삶이 고되고 버거울지라도 꿋꿋이 감당하며 웃을 줄 아는 사람들, 삶이 주는 행복을 결코 놓치지 않고 순간을 즐거움으로 채워가는 사람들…….

그분들을 만나고 그들의 삶을 스친 것만으로도 나의 여행은 의미 있다. 누군가를 만난다는 것은 그 사람의 모든 생애와 조우하는 것이다. 이 얼마나 위대한 역사적 순간인가?

만나는 분마다 너무 소중해 그냥 스쳐 보내기가 아쉬웠다. 배낭 안에 있던 보자기를 꺼내 인연이 닿은 사람들의 사인을 받기 시작했다. 땅끝 해남에서, 서해바다 깊은 섬 대청도에서, 양구 해안마을에서, 임실 옥정호에서, 의성 산사에서……. 지금 그 보자기에는 150여 분의 흔적들이 별처럼 아름답게 남아 있다. 전국에서 받은 그 마음이 나의 소중한 자산이다. 길 위에서 만난 분들이 그리울 때마다 보자기를 펼쳐 놓고 추억에 젖는다. 남원 언니가 그려준 그림, 나주 무송님이 써준 글, 산청 밤머리재 사장님이 해준 사인, 창원 가수 언니가 준 마음, 울릉도 선장님의 흔적……. 보고 있노라면 따스했던 인연에 가슴이 촉촉해져오며, 마음은 어느새 우리들이 만났던 그날 그곳으로 달려가고 있다.

우리의 해맑은 미소와 들어 올린 손을 무시하고 세 대
의 승용차가 지나갔다. 그리고 드디어 차 하나가 우
리 앞에 섰다. 여기저기 녹이 슬고 부서진 농가의 트
럭이었다.

전국에서 히치 하이킹

히치(hitch)의 사전적 정의는 '지나가는 차를 세우다. 편승하다'이다. 지나가는 차를 세워 탄다? 평상시에는 하지 않는 행동이다. 특히 나처럼 혼자 여행하는 여자에게는 위험부담이 큰 일이다. 하지만 나의 여행은 시·군의 마을 구석구석을 나의 두 발로 걷고, 보고, 느끼는 것인데 아직도 깊은 시골 마을에는 하루에 두 번 버스가 들어가는 곳이 있다. 버스 시간이 연결되지 않는 예도 있다. 부득이한 상황이 되면 하는 수 없이 히치를 해야만 한다.

많은 분이 나를 차에 태워주었다. 농사를 짓다가 점심을 먹으러 돌아오는 어르신들이. 부모님을 모시고 드라이브를 하던 아들이. 순찰을 하던 경찰이. 홀로 캠핑카를 운전하는 캠핑족이. 집으로 돌아가던 아저씨가. 시장을 보러 가던 아줌마가. 버스를 운행하는 버스 기사님까지 나를 태워주었다. 평균 한 지역에서 적어도 한 번은 히치를 하였으니 총 백 번 이상 차를 얻어 탄 것 같다. 덕분에 편안히 목적지를 찾아갈 수 있었다. 정선에서, 나주에서, 포항에서, 서산에서. 전국에서 나를 태워주는 운전자들을 만나며 여행은 더욱 풍성해지고 밝아졌다.

히치에 관한 에피소드 1

정선 여행은 정애 씨와 함께했다. '삼시세끼'를 촬영하였다는 대촌마을을 돌아보고 나오는 길이었다. 버스를 기다리고 있었다. 언제 오려는지 기약이 없다. 기다리다 지친 우리는 지나가는 차를 세우기로 했다. 나이 오십이 넘은 아줌마들이 처음 시도하는 이 모험이 성공할 수 있을까? 쑥스러워 손이 잘 올라가지 않았다. 그냥 쌩하고 지나가면 얼마나 멋쩍을까? 우리를 이상한 사람으로 보면 어쩌나? 하는 생각도 스쳤다. 그래도 둘이라는 사실에 용기를 냈다. 손을 든다고 손해 보는 것도 없지 않은가.

차가 오기에 안 올라가는 손을 쭈뼛 들어보았다. 역시 성공하지 못했다. 우리를 못 본 채 쌩 그냥 지나갔는데도 우리는 처음 들어본 손이 즐거워 깔깔거리며 웃었다. 좀 용기가 솟는다. 이번에는 장난스럽게 요염 히치 자세로 도전해보았다. 그렇게 세 번을 시도했으나 아무도 차를 세우지 않았다. 아무래도 우리의 나이가 장애물인가?

바로 그때 차가 하나 나타났다. 왠지 느낌이 왔다. 여자 운전자가 홀로 타고 가는 차였다. 다시 한 번 손을 번쩍 들었다. 와아! 이번에는 성공이었다! 차가 우리 앞에 와서 천천히 멈췄다.

차를 세워준 것이 고맙고, 히치에 성공한 것이 즐거웠다. 운전하는 분에게 흥분 어린 감사의 인사를 연발하였다. 우리를 태워준 분은 공사장에서 벽돌을 쌓는 기술자였다. 예전에는 식당을 운영했다고 한다. 벽돌을 한 장 쌓는데 100원을 받는다. 식당을 했을 때는 한 달 400만 원을 버는 것도 아주 바빴었다. 지금 벽돌 쌓는 것은 놀 때 놀아가며 500만 원은 충분히 벌 수 있는 일이라 했다. 공사는 어디라도 있기에 일거리 걱정도 없다. 퇴직금도 있다. 막노동이라는 선입견만 버리면 누구나 가능한 일이라고. 공사장에서 벽돌을 척척 쌓을 이분의 모습을 그려보았다. 여전사를 보고 있는 느낌이다. 너무나 멋져 차 한 잔 함께 하고 싶다고 청했다.

나는 이제까지 순탄하게만 산 건 아니지만 그리 험한 일을 하면서 살지도 않았다. 몸을 쓰는 일에는 더욱 약하다. 특히 내 어깨는 심히 부실해 계단만 쓸어도 아파진다. 그런데 벽돌공이라니? 온종일 벽돌을 쌓아 올린다고 한다. 막노동을 아무렇지도 않게 하는 여자를 만났다. 무적 여걸을 만난 것만 같다.

그녀를 보며 여자라는 것을 핑계로 나를 좁히고만 산 것은 아닌가 생각해보았다. 나도 모르게 '여자는 힘이 약해. 여자라서 잘 못 해. 여자가 그러면 안 되지.'라며 편견으로 살고 있었던 것은 아닐까?

벽돌공 그녀를 만나며 갑자기 마음에 힘이 솟았다.

'여자라고 못 할 게 뭐야! 여자라서 안 되는 게 어디 있어! 여자도 다 할 수 있어!'

히치는 전혀 예기치 않은 사람과 삶을 만나는 기회가 되기도 했다.

히치에 관한 에피소드 2

예산여행을 하며 추사 김정희 생가터를 찾아갈 때였다. 예산군 신암면 용궁리에는 그가 태어나고 자란 터가 복원되어 있다. 출발하기 전 신례원역 근처에서 점심을 먹었다. 식당에서 함께 식사하던 분들이 그곳까지 가는 길이 아주 좋다며 걸어가라고 하였다. 현지인들의 말이 많은 도움이 되기도 하지만 가끔은 이해할 수 없기도 하다. 길이 좋긴 뭐가 좋은가? 차들이 쌩쌩 달리는 길을 차와 같이 걸어야 하는 길이었다. 인도가 따로 만들어져 있지도 않다. 길옆에 아름답게 이어진다던 사과밭도 없었다.

하나 위로를 찾는다면 길을 걸으며 예산의 특산물인 쪽파 종자를 대량으로 본 것이다. 자루에 가득 담겨 쌓여 있기도 하고, 비닐하우스에 널려 있기도 했다. 예산을 다 덮을 정도의 어마어마한 양으로 느껴졌다. 신례원 지역은 특히 쪽파가 집중재배되는 곳이다. 이곳 쪽파는 힘이 있고 곧으며 뿌리는 희고 단단하면서 탄력과 윤기가 좋다.

그런데 이 차도를 도저히 걸어갈 수가 없었다. 힘이 들기도 하고 위험하기도 했다. 택시는 잡히지 않았다. 그렇다면 히치를 하는 수밖에. 함께 예산을 여행하는 명희 씨는 히치에 아주 좋은 점수를 줬다. 히치를 하며 만나는 즐거움이 여행을 더욱 풍성하게 하기 때문이다. 그래도 쉽지만은 않았다. 우리의 해맑은 미소와 들어 올린 손을 무시하고 세 대의 승용차가 지나갔다. 그리고 드디어 차 하나가 우리 앞에 섰다. 여기저기 녹이 슬고 부서진 농가의 트럭이었다. 운전석 옆자리에는 통이 두 개나 있어 두 사람이 앉기에 매우 비좁았다. 그래도 우리는 감지덕지했다.

차를 태워준 분은 신례원의 이장님이었다. 이장님은 비닐하우스에 잠깐 들렀다가 추사고택까지 데려다주겠다고 했다. 농사를 짓는 현장도 구경하고 추사고택까지 편안히 가고. 기대하지 않은 덤까지 생겼다. 도착한 곳은 비닐하우스 마을인 것만 같았다. 오천 평정도 되는 밭에 스무 개가 넘는 비닐하우스가 양쪽으로 쭈우욱 길게 이어져 있다. 이장님이 온실자동화시스템의 동력 개폐 제어기를 이용하여 비닐하우스의 비닐을 자동으로 걷어 올리는 것을 구경하였다. 좀 도와드리고 싶지만 도와 드릴 것이 없다. 그저 단추 몇 개를 누르니까 저절로 비닐이 말려 올라간다. 수박밭에 바람이 시원하게 통하게 되었다.

이장님이 농장을 돌보는 사이, 우리는 문을 빠끔 열고 귀히 자라고 있는 수박을 구경하였다. 수박밭이 아주 길다. 어림짐작으로 200미터는 되어 보였다. 밭에는 통통하게 자라고 있는 아직 앳된 수박이 여기저기 푸른 잎사귀 아래 숨어 있다. 몇 개 없는 듯한데 자세히 보면 하나 나타나고 또 하나 나타나고 자꾸 나타났다. 수박이 싱싱했다. 잘 크는 아이처럼 예뻐 보였다. 예산 수박은 호피 무늬가 뚜렷하고 껍질이 얇으며 당분이 높기로 유명하다.

이장님은 『예산읍지』를 선물로 주었다. 예산에 대한 모든 것이 적혀있는 백서였다. 시의원에 당선된 사람은 누구이며, 언제 무슨 일이 있었는지 다 기록되어 있다. 두께도 엄청났다. 국어대사전 두께였다. 선물로 받기는 했지만, 도저히 들고 여행을 다닐 수 없어 나중에 꼭 찾으러 오기로 약속했다. 예산에 대한 이야기를 들으며 추사가 심었다는 백송 앞에서 내렸다. 정말 고마운 이장님이다. 세상에는 이렇게 고마운 분들이 많다. 덕분에 세상은 이미 아름답다. 간식으로 사 온 살구를 이장님에게 드리며 감사의 인사를 대신했다. 살구 상태가 썩 좋진 않지만 그래도 뭐라도 드리며 감사의 마음을 전할 수 있어 다행이었다.

예산여행을 마친 후 돌아간 명희 씨는 운전할 때 다른 사람들이 히치를 하면 망설임 없이 차를 태워주었다고 한다. 여행에서 받은 감사함을 되돌려주고 싶었다는 후일담을 전해왔다. 세상은 이렇게 아름다움을 더해가는가 보다.

나의 이름은 박미희이다. 미희(美姬), 아름다운 여자라는 뜻이다. 스무 살 즈음에는 아름다운 여자라는 이 이름이 부담스러웠다. 나는 주근깨 가득한 촌뜨기로만 보이고, 대학에서 만난 다른 친구들은 세련된 멋쟁이처럼 보였기 때문이다. 내 이름을 소화하기 위해 나름 많은 생각을 해보았다. 고심한 끝에, '미희'는 아름다움을 찾고, 아름다움을 보고, 아름다운 이야기를 하고, 아름다움을 만들라는 뜻이라고 결론을 내렸다. 그리고 내 삶의 목표를 '아름다운 세상을 만드는 일에 좁쌀만 한 힘이라도 보태자'로 삼았다. 사실 뒤돌아보면 그렇게 아름다움을 만들며 살아오지는 못했다. 그래도 내 삶의 목표를 떠올리며 환경을 위한 활동을 하고, 사회를 위해 조금이라도 봉사하며 살아왔다. 그런데 요즈음 또 다른 의문이 생겼다. 아름다운 세상을 만든다는 것은 지금은 세상이 아름답지 않다는 것을 전제하는 것인가?

그렇지 않았다. 세상은 이미 아름다웠다. 신례원 이장님 같은 따뜻한 손길의 사람들이 있어 이미 세상은 아름다웠다. 그래서 내 삶의 목표를 수정했다. '이미 아름다운 세상을 조금이라도 더 아름답게 만드는 일에 좁쌀만 한 힘이라도 보태자'가 새로운 내 삶의 목표이다.

히치에 관한 에피소드 3

철원에서 도피안사를 보고 나와 버스를 기다리고 있었다. 버스 시간을 모르겠다. 길옆에 앉아 사과를 깎아 먹으면서 여유 있는 마음으로 기다렸다. 그런데 지나갔던 트럭이 슬금슬금 뒤로 후진을 하였다. 달려오는 차가 있으면 잠시 멈췄다, 가면 다시 뒤로 또 멈추었다가 뒤로 후진을 하는 것이다. 무슨 일이 있나 싶어 나도 관심 있게 바라보았다. 차는 그렇게 몇 번을 주춤주춤 물러나더니 내 앞에서 멈췄다. 그리고 나에게 타라고 했다. 나를 태우기 위해 그렇게 여러 번 후진하여 왔단 말인가? 이렇게까지 애써 힘겹게 선의를 베풀어주다니 황송한 마음이었다.

사람들은 왜 내 앞에 차를 세웠을까? 생각해본다. 왜 불편함을 무릅쓰고 초라한 행색의 여행자를 위해 가던 길을 멈추었을 까? 아무리 생각해도 내가 잘 나서는 아니었다. 그것은 사람이 기 때문이었다. 어려운 일을 보면 가슴이 동하는 사람. 타인을 도우며 오히려 자기가 행복해지는 사람. 가슴에 온기를 가진 사람. 나는 사람 안에 흐르는 그 따스한 피가 좋다. 따뜻한 사람이 좋다. 따뜻한 사람도 만나고 차도 얻어 타고. 히치는 하나의 돌로 두 마리 새를 잡는 일석이조이고 일거양득이었다.

히치를 하며 한편으로 '혹시 무슨 일이 생기는 것은 아닐까?' 하는 두려움이 있다.

'정말 히치를 해야 하나?'

'나쁜 사람이 운전하는 차면 어쩌지?'

이렇게 걱정하며 좋은 사람을 만나기를 기도하는 마음으로 손을 든다. 그런데 운전을 하는 사람도 두려움을 느끼기는 마찬가지라고 한다.

'혹시 차를 태워주고 무슨 험한 일을 당하는 것은 아닐까?'

'사고라도 나면 치료비를 다 물어주어야 한다고 하던데.'

손을 들고 서 있는 사람을 바라보며 여러 우려가 스친다고 한다. 그리고 참 바쁜 세상이다. 가던 길을 멈추고 사람을 태워 원하는 곳에 내려준다는 것은 운전자가 흔쾌히 마음을 내지 않으면 불가능한 일이다. 그런 우려와 불편을 넘어 내 앞에 차를 멈추어준 분들에게 다시 한 번 감사의 인사를 드린다.

'천수천안관세음보살이 어디에 계신가? 감히 말하노니, 그대의 손이 천수 관세음보살이며 그대의 눈이 천안 관세음보살임을 잊지 말 것이다.'라는 글을 어느 절에서 읽었다. 나는 내 앞에 차를 멈춘 모든 분이 천수천안관세음보살이라고 생각한다. 타인을 남이라 생각하지 않는 사람들. 타인을 위해 자신의 불편을 감수하는 사람들. 도움이 필요할 때 천사처럼 나타나 도움을 주고 연기처럼 사라지는 사람들.

어쩔 수 없는 상황이라 손을 들어 차를 세워야만 했던 나를 외면하지 않은 분들이 있어 나의 여행은 따뜻했고, 안전했고, 아름다웠다. 세상의 온기와 정을 가슴 깊이 느끼고 배우는 만남이 되었다. 그들에게 받았던 것처럼 도움이 필요한 사람에게 정성스럽게 다가가는 사람이 되리라 다짐하는 여행이 되었다.

만 원짜리 두 장과 천 원짜리 세 장을 가지고 나오셨다.
여행에 보태 쓰라고 주는 용돈이라 했다. 백 원짜리 두 개를
천 원짜리 한 장으로 꼭꼭 접어 버스 탈 때 내라고 차비까지
따로 챙겨 주시는 어머님. 더 주고 싶어도 두 분 다 병원에
다니느라 돈이 많지 않다고 했다.

봉화에는 두 번째
어머니가 있다

여행을 하며 중요한 것 중 하나가 잠을 자는 것이다. 잠자리가 바뀌는 것이 힘들어 여행을 못 하겠다는 사람도 있으니 말이다. 나는 우리나라 전국 방방곡곡에서 동가식(食) 서가숙(宿)뿐만 아니라 동가숙(宿) 서가숙(宿) 잠을 잤다. 그래도 나는 어디서나 숙면을 하는 편이다. 떠돌이 잠자리는 그리 큰 문제가 되지 않았다.

가장 많이 이용한 잠자리는 모텔이었다. 사람들은 모텔을 야릇한 곳으로 생각한다. 결코 선호해서 찾는 곳은 아니다. 실제로 낮에 이용하는 사람들을 위해 여섯 시가 넘어서 입실하라는 모텔들이 많다. 심지어 일찍 입실하려면 낮 시간 사용료까지 내라 한다. '우리나라의 모텔은 여행자를 위해 특화되어 있지 않고, 야릇한 사랑을 위해 특화되었나?' 욱하는 마음이 일기도 했다. 이럴 땐 산티아고 순례길이 그리워졌다. 여행자를 위해 특화되어 있던 숙소 알베르게. 만 원이 안 되는 저렴한 잠자리. 음식을 조리해 먹을 수 있는 주방과 매일 옷을 빨아 입을 수 있게 세탁시설을 갖춘 곳. 세계 각국의 사람들과 만남이 있었던 알베르게가 몹시도 생각났다. 다른 잠자리가 마땅치 않아 모텔을 들어간다. 그래도 막상 들어가면 여기는 또 하나의 내 집이다.

경주나 서울, 순천, 안동같이 여행이 활성화된 곳에는 게스트하우스가 있다. 게스트하우스는 실내장식부터 정갈하고 환하다. 친절한 주인장에게 그 지역의 다양한 정보도 얻을 수 있으며 다른 여행자를 만날 수 있는 장점도 있다. 그리고 간단한 아침도 준다. 조금 불편한 것은 함께 방을 사용하는 사람을 위하여 늦게까지 불을 켜 놓을 수 없다는 것과 공용욕실을 사용할 경우 기다려야 한다는 것 정도이다.

스님의 특별한 배려로 산사에서 잠을 자기도 했다. 산사에 밤이 찾아오는 것을 느끼는 것은 특별한 경험이었다. 해가 저물어가면 산사는 고요에 든다. 적막한 산중에 은은하게 울려 퍼지는 종소리. 수정처럼 맑은 찻물 떨어지는 소리. 늦은 밤 차를 마시며 나누는 스님과의 대화. 그리고 조용하게 밝아오는 아침. 그 무엇 하나 빼고 싶지 않은 선물 같은 잠자리였다.

여행의 마지막 삼 개월은 친구와 함께 캠핑카에서 잠을 자며 여행하였다. 날마다 하는 캠핑이 낭만적이라 생각될 수 있다. 그런데 실제는 모텔이 천국이었음을 알게 되는 캠핑이었다. 평소에 별생각 없이 사용하는 전기와 물이 얼마나 소중한 것인가를 깨닫게 되었다. 따뜻한 잠자리가 얼마나 고마운 것인가 감사하게 되었다.

25인승 버스를 개조한 캠핑카는 전기가 없으면 냉기만 가득 하였다. 발전기를 켜 전기를 생산하는 것도 한계가 있다. 휘발 유가 많이 들어가는 것도 문제이거니와 발전소음이 얼마나 큰 지 도저히 잠을 이룰 수 없다. 한겨울 강추위에 잠자기 전 한두 시간만 발전하여 온기를 만들었다. 그리고 긴긴밤은 핫팩을 끌 어안고 잠을 자야 했다. 혹한기 군사훈련이라고나 할까? 물론 좋은 점도 많다. 울산 간절곶 바닷가에서 잠을 자며 일몰과 일 출을 보고, 안동 청학골 깊은 산중에서도 잠을 잘 수 있었으니 말이다. 음식을 사 먹지 않고 직접 조리해 먹으며 여행할 수 있 다는 것도 좋은 점이다. 바닷가에 야외식탁을 펼쳐 놓고 해산 물 가득 들어간 라면을 끓여 먹고, 커피를 내려 마시는 낭만도 있다. 캠핑은 사치와 극빈을 동시에 경험하는 스스로 선택한 불편함이었다.

여행을 계획하며 될 수 있으면 그 지역에서 만난 주민들의 집에서 잠을 자고 싶었다. 제주 올레길을 걸을 때 경험한 가파 도에서의 추억이 따뜻했기 때문이다.

청보리 축제로 알려진 가파도는 작은 섬이다. 잠자리가 많 지 않았다. 계절도 이른 봄 3월. 아직 관광객이 많이 오지 않는 시기였다. 찾아간 민박은 손님 맞을 준비가 되어 있지 않았다. 안방에서 주인아주머니와 같이 잠을 자야만 했다. 나란히 편 이부자리에 누워 밤새 제주 여인의 삶을 만났다. 제주도에서는 여자로 태어나려면 차라리 소로 태어나는 것이 낫다고 했다.

'멋지게 잘생긴 남자인 신랑'은 너무나 귀한 존재라 일을 시킬 수 없었다. 사무친 가난은 다 여자의 몫이다. 가파포구에서 해녀들이 건져 올린 해산물을 리어카에 싣고 고개를 넘어 반대편에 있는 선착장으로 날랐다. 내리쬐는 따가운 볕에 땀이 비 오듯 쏟아져 내렸다. 집에 있는 신랑이 왜 그렇게 땀을 흘렸느냐고 걱정할까 봐 길가에 있는 웅덩이에서 얼굴을 씻고 집에 들어갔다. 그늘에 앉은 신랑이 왜 그렇게 옷이 젖었느냐고 물었다. 시원하게 씻고 와서 그렇다고 했다. 그리고 서둘러 밥상을 차렸다고. 지금도 민박을 하며 해산물을 받아 배에 싣고, 작은 배를 운항하며 강하게 사는 여인. 그녀의 보람인 자식들이 사진 속에서 우리를 웃으며 내려다보고 있었다. 아침에 일어나 보니 아주머니는 벌써 포구에 나가 있었다. 지난밤 나눈 정담으로 이 집이 남의 집이라 느껴지지 않았다. 한 식구가 된 것 같은 마음으로 아침밥을 차려 먹고 집을 나섰다.

처음으로 모르는 사람과 잠을 잤다. 가파도 아주머니와 잠들며 낯선 어색함은 잠시이고 누구나 쉽게 정을 나누는 친구가 될 수 있다는 것을 알게 되었다. 잠은 모든 방어막을 해제하고 나서야 가질 수 있는 깊은 휴식이다. 함께 잠을 잔다는 것은 '나는 당신을 누구보다 믿고 있답니다.'라는 믿음을 전제하고 있다. 그래서 잠자리마다 저 밑에 감춰두었던 별별 속내들이 베갯머리 송사되어 밤이 깊어가는 줄 모르고 이어지는 것일 게다.

가파도에서 몸을 모로 세운 채 서로 마주 보고 누워 이야기를 나누었던 그날 밤의 추억이 오래도록 내 가슴을 따스하게 했다. 이번 여행에도 그런 아름다운 밤을 꼭 갖고 싶었다. 소망하던 대로 봉화, 홍천, 인제, 장수, 천안, 곡성, 남해를 여행할 때는 민가에서 잠을 잘 수 있었다. 처음으로 잠을 잔 곳은 봉화였다.

여행길에서 만나 친구가 된 스님이 있다. 친구는 '나는 출가하여 부모님을 모실 수 없으니 봉화 여행을 가면 나 대신 부모님께 따뜻한 저녁 한 끼 꼭 해주었으면 좋겠다'고 부탁하였다. 그래서 부식과 빵, 과일을 사 들고 오전 약수터 근처 어르신들이 사는 오전2리를 향했다. 따가운 날씨에 무거운 것을 들고 이리저리 헤매며 친구의 부모님을 찾아갔다.

"안녕하세요! 아까 전화 드렸던 스님의 친구입니다." 하며 인사드렸다. 아무리 친구의 부모님이지만 처음 보는 사람이 불쑥 찾아와 인사를 하는 것이 조금은 어색하고 조금은 당황스러운 것 같다. 어서 들어오라 하시면서도 '왜 왔나?' 하는 눈치였다. 나도 처음 뵙는 어르신들이다. 친숙하지 않아 불편하기는 마찬가지였다. 하지만 노인대학에서 봉사하며 어르신들과 친하게 지낸 기억을 살려 환한 얼굴로 찾아오게 된 이유를 말씀드렸다.

그리고 집에서 약 3킬로 떨어진 오전 약수터를 다녀와 저녁을 지었다. 사 들고 간 알탕 재료와 어머님이 밭에서 가져온 배추, 부추를 넣어 매운탕을 끓이고 두부찜을 하였다. 내 부엌이 아닌 곳에서 어색하게 음식을 해서인가? 내가 먹어도 어딘가 맛이 부족했다. 아마 어르신들은 더할 것이다. 그래도 청양고추를 썰어 더 넣으면서 맛있다고 하셨다. 빈말인 줄을 알지만, 안심하며 밥을 먹었다.

저녁을 먹고 나서 어머님과 함께 텔레비전을 보았다. 어머님은 편안히 누워 발을 소파에 올려놓고, 나는 소파에 기대어 그 옆에 앉았다. 텔레비전을 보면서 절에 들어가기 전 친구 스님의 파란 많았던 지난날을 이야기 나누기도 하고, 사과 농사 짓는 이야기를 하다가 스르르 잠이 들었다. 딸처럼 엄마처럼.

다음 날 아침, 백두대간 협곡열차를 타기 위해 일곱 시에는 출발해야 한다고 말씀드렸더니 여섯 시도 안 되어 아침상을 차리셨다. 상에 올라온 어제 먹던 매운탕이 오늘은 더 맛있다. 어머님이 간을 더 했다고. 역시 어르신들의 손맛이 최고다. 아침을 마치고 커피를 석 잔 끓여 들고 와 둘러앉아 마셨다.

커피를 마시며 아버님께서 오전 약수터에 대한 이 동네 분들만 아는 이야기를 해주셨다. 지금은 오전 약수터에 거북이가 앉아서 가는 줄기로 물을 뿜어내고 있지만, 옛날에는 샘에서 샘물이 푸웅~ 푸웅~ 하고 풍성하게 솟았단다. 물맛도 아주 강하여 마시면 가슴까지 시원해졌다. 그리고 신령스러운 기운을 가지고 있었다. 생선이나 고기를 먹고 약수터에 가면 뱀이 샘에서 올라와 물려고 하고, 지푸라기 섞인 흙탕물이 올라왔다. 마시기는커녕 가까이 갈 수도 없었다. 약 기운도 아주 강하여 웬만한 병은 먹고 씻기만 하면 다 가셨다고.

오전 약수터는 조선 시대 전국 약수 대회에서 최고로 선정된 약수터이다. 철분과 탄산이 함께 섞여 있어 한 모금 마시면 입 안과 가슴이 쏴아 해오며 시원해지는 물이다.

짐을 챙기는 나에게 어머님은 간식을 챙겨주시고, 다닐 때 마시라고 약수에 마를 넣어 흔들어주셨다. 소금으로 이를 닦는다고 하여도 새 치약과 비누를 챙겨주셨다. 또 집 안에 있는 돈을 다 긁어모았는가 보다. 만 원짜리 두 장과 천 원짜리 세 장을 가지고 나오셨다. 여행에 보태 쓰라고 주는 용돈이라 했다. 백 원짜리 두 개를 천 원짜리 한 장으로 꼭꼭 접어 버스 탈 때 내라고 차비까지 따로 챙겨주시는 어머님. 더 주고 싶어도 두 분 다 병원에 다니느라 돈이 많지 않다고 했다. 고마운 마음을 받지 않을 수 없었다. 정이 담뿍 담긴 돈을 받으며 정말 감사하다고 인사드렸다. 그리고 집을 나오며 이것은 새로 생긴 딸이 주는 것이라고 말씀드리며 용돈을 조금 드렸다. 힘들게 여행 다니지 말고 그냥 봉화에서 같이 살자고 하시며 버스정류장까지 따라 나오는 어머님이 고맙다. 만나자마자 헤어져야 하는 것이 아쉽다. 몇 번이나 어머님을 안아드렸다.

어머님이 버스 타라고 주신 꼭꼭 접힌 돈을 차마 쓸 수 없었다. 그 안에 꾹꾹 눌러 담은 마음이 너무나 소중했기 때문이다. 손가락을 말아 딱지처럼 접힌 돈을 꼭 쥐어보았다. 어머님의 넘치는 정이 뚝뚝 떨어지는 것만 같다. 돈에서 어머님의 마음을 담은 고운 향기가 번져와 나를 감쌌다. 돈이란 것이 이렇게 향기로울 수 있음을 봉화 어머님으로부터 배웠다.

나도 나이 쉰을 넘기니 내 자식도 남의 자식도 다 사랑스럽고 다 안쓰럽다. 내 어머님도 다른 분의 어머님도 모두 감사하고 모두 걱정된다. 사실 나와 너가 점하나 차이라는데 내 어머니 넘 어머니가 어디 있겠는가? 모두 이 땅에서 자식을 낳아 기르며 평생을 희생한 우리 모두의 어머님인 것이다. 봉화 어머님도 이 땅의 모든 어머님도 모두 건강하시고 평안한 노후를 보내시길 바라는 마음이 가득 일어났다.

그 / 림 / 일 / 기

돌아와서는 또, 비 맞으며 다니느라 고생했다고
아끼던 차를 내왔다. 직접 산을 돌아다니며 캔 산삼과
더덕 그리고 산도라지를 토종꿀에 재워
1년을 숙성시킨 차라고 했다.

카페의 여인

나는 우리나라 150여 개 시와 군을 여행하며 500곳 이상의 카페에 가보았다. 일명 카페의 여인이다. 거의 매일 하루에 한 번은 카페에 들렀다. 지친 몸을 쉬기 위해서도 갔고, 지도를 보며 다음 여행을 준비하기 위해서도 갔다. 그러나 주된 이유는 여행의 기록을 하기 위해서였다. 숙소인 모텔의 불빛은 어두침침하여 여행 기록을 하기 힘들다. 작은 글씨는 잘 보이지도 않는다.

중년 여인이 혼자 커피를 마시며 글을 쓰는 모습이 의도하지는 않았지만 매력 있게 보였을까? 아니면 호기심을 자극했던 걸까? 분위기 있게 앉아 자기 일에 집중하고 있는 모습이 전문가처럼 보였던 걸까? 덕분에 전국의 카페에서 아름다운 인연들을 많이 만났다.

좋은 여행하라면서 달콤새큼 쌉쌀한 레몬티를 선물해주던 함양의 '마마', 하나밖에 없는 손님인 나를 위해 알토색소폰을 연주해주던 화성 제부도의 '벚꽃이야기' 사장님, 넓은 마당과 실내가 박물관 같았던 예천의 '용궁'에서는 인정 많은 사모님으로부터 막걸리도 한 잔 얻어 마셨다.

달콤한 맛 하나 없는 쓰디쓴 커피. 이 커피를 달달하게 만드는 것은 설탕이 아니었다. 바로 사람이었다. 시멘트로 지어진 삭막한 아파트를 훈훈한 가정으로 만드는 것이 사람인 것처럼. 나는 커피를 한 잔 시켰을 뿐인데 가슴 따스한 사람까지 내게로 왔다. 그 따스한 가슴과의 인연으로 카페의 여인은 행복했다.

장수에서는 군청에서 얻은 자료를 읽으며 여행계획을 세우려고 카페 '티스토리'에 갔다. 읍내를 걸을 때 눈여겨 보아둔 카페이다. 덩굴식물이 길게 자라고 있는 실내가 마음에 들었다.

안으로 들어갔다. 카페지기가 아주 예쁘다. 목소리는 더욱더 예쁘다. 또 얼마나 다정하고 상냥하던지. 여러 이야기를 나누며 "장수를 제대로 느끼려면 자연을 봐야 하는데 버스로 가기는 정말 어렵다"는 말을 했다. 그러면서 카페지기는 지금 손님이 없으니 얼른 차로 덕산계곡에 데려다주겠다는 것이다. 서둘러 문을 닫으며 바로 출발하자고 했다. 나보다 더 열심인 카페지기이다.

엉겁결에 그녀의 차를 타고 덕산계곡을 향했다. 어둠이 내리고 비까지 날리는 길은 사정없이 고불고불했다. 자칫 위험할수도 있는 길을 나를 위해 달려 계곡 입구에 도착했다.

덕산계곡은 물이 맑고 숲이 참 아름답다고 한다. 그런데 비가 내리고 바람도 불고 어두워지니 아름다움보다 멧돼지가 나타날까 두려운 길이 되었다. 그 길을 그녀는 나와 동행해주었다. 나는 우산이라도 썼다. 그녀는 혹시 나올지도 모르는 멧돼지를 쫓기 위해 우산으로 길을 '탁! 탁!' 두드리느라 우산도 쓰지 못하고 걷고 있다. 계곡에는 누군가 만들어 놓은 돌탑도 서 있고, 넓적한 바위에는 바둑판도 그려져 있다. 계곡 옆으로 나 있는 숲길을 걸어 덕산계곡 연못에 도착하였다. 하트 모양을 그리고 있는 모습이 특이하다. 한편으로는 예쁜 엉덩이를 닮았다. 하트 연못의 절벽에는 멋진 시가 적혀 있다. 어두워 자세한 글귀는 보이지 않지만 예스러운 정취가 느껴졌다.

잠시 풍광을 바라보다가 차 있는 데로 뛰다시피 돌아왔다. 이 어두운 시간에, 이 깊은 산 속에서 위험한 상황이 생긴다면 대처가 불가능하다. 불안스러운 마음이 일었다. 그러면서도 이렇게 숲속을 뛰어다니고 있는 두 사람의 모습이 참 재미있다. 다시는 하기 힘든 특별한 모험을 하고 있는 것이다.

우리는 도깨비마을도 들르고 논개 생가도 들러 아주 늦은 시간이 되어서야 카페에 도착했다.

돌아와서는 또, 비 맞으며 다니느라 고생했다고 아끼던 차를 내왔다. 직접 산을 돌아다니며 캔 산삼과 더덕 그리고 산도라지를 토종꿀에 재워 1년을 숙성시킨 차라고 했다. 따끈한 꿀차뿐만 아니라 빵까지 한 접시 들고 왔다. 빵과 꿀차에 배가 잔뜩 불러서 숙소로 돌아오는데 정작 부른 것은 배보다 마음이었다. 티스토리에서 만난 카페지기의 마음에 무한 감동한 날이다. 장수에 오자마자 나는 장수가 아주아주 좋아졌다.

나는 카페에 들어가 그저 몇천 원짜리 아메리카노 한 잔을 마셨을 뿐이다. 그러나 돌아오는 것은 가격으로 따질 수 없이 살갑고 따사로운 마음이었다. 그 마음은 지친 하루에 위로가 되고 낯선 여행지에 홀로 선 나에게 당당함을 주었다.

그래! 이 여행을 떠나길 정말 잘했어. 이런 만남을 하고 싶었어. 이렇게 살고 싶었어. 나 지금 내가 원하는 삶을 살고 있는 것 맞지? 김이 모락모락 오르는 커피를 한 잔 들고 카페에 앉아 스스로 묻고 행복으로 답하는 나는 카페의 여인이다.

그 / 림 / 일 / 기

할머니가 손에 떡을 들고 찾아오셨다.
노인정에 들어온 것을 조금 들고 왔단다. 그리고
김치를 주겠다며 그릇을 들고 따라오라고 하셨다.
'내가 김치가 없어 아쉬워하던 것을 어떻게 아시고?'
속으로 쾌재를 부르며 따라갔다.

고령 할머니와
이탈리아 할아버지

여행을 계획하며 가장 먼저 가고픈 곳이 고령이었다. 나의 성이 고령 박 씨이기 때문에 고령이라는 지명을 많이 들으며 자랐다. 그래서 고령이라는 곳은 어떤 곳일지 항상 궁금했다. 고령을 지도에서 찾아보며 언젠가 꼭 가보리라 생각했었다.

2016년 4월, 드디어 고령에 갔다.

뒤돌아보면 그저 소소한 일상을 살았다. 무슨 그리 중요한 일을 한다고 궁금한 것, 하고픈 것들을 다 뒤로 미루고만 살아왔을까? 왜 이제야 왔을까? 오랜 그리움이었던 고령을 걸으며 늦어진 발걸음에 소회가 일었다.

평생을 궁금해하던 곳인 만큼 눈을 동그랗게 뜨고 구석구석을 살펴보았다. 오래된 고향에 온 듯 익숙한 풀이 자라고 있었다. 같은 나무들이 서서 나를 맞아주었다.

그런데 내가 사는 춘천 사람들이 다 알고 있는 김유정은 그곳에 없었다. 춘천의 마임도 없었다. 고령에는 다른 이야기들이 있었다.

고령에는 내가 한 번도 관심을 가지지 않았던 악성 우륵의 이야기가 넘쳐났다. 경주보다도 더 많은 700여 개의 고분군이 대가야의 역사를 품고 있었다. 성리학의 대맥인 점필재 김종직과 임진의병장 김면 장군도 있었다. 김종직은 수양대군의 왕위 찬탈을 비난하는 조의제문을 지은 것으로 유명하고, 김면 장군은 처자가 떠돌며 굶주려도 찾지 않고 오직 적을 쳐서 백성을 구하는 일에만 몰두하다 그 피로로 병을 얻어 순국하였다고 한다.

이런 이야기들을 만나고 싶었다. 나와 다른 곳에서 다른 삶을 사는 사람들이 만들어간 가슴 진한 삶이 궁금했다. 나이는 쉰이 넘었어도, 내 안에는 아직 호기심 가득한 주근깨 소녀가 살고 있다. 고령을 구석구석 걸으며, 졸고 있던 그 소녀가 비로소 기지개를 켰다. 두 눈을 반짝이기 시작했다. 고령을 찾아오기 정말 잘했다.

난생처음으로 가야금을 연주해보았다. 작은 가야금을 만들어 보는 체험도 했다. 또 따뜻한 고령 할머니도 만났다.

이곳에서 할머니 친구가 생겼다. 내가 머무는 곳은 가얏고 마을에서 운영하는 펜션이었다. 아침을 먹고 차를 한 잔 들고 숙소 밖으로 나왔다. 고령에서의 첫 아침이다. 기운이 시원하고 좋다. 사방에 풀 내음이 상큼하고 하늘은 새들의 노래로 가득했다. 어디선가 닭 우는 소리도 들려왔다. 앞으로 펼쳐진 들판에는 양파가 자라고 있고 논은 가지런히 갈아엎어져 있다. 하우스 안에는 파파야 멜론이 줄기를 뻗고 있었다. 아직 이른 시간이다. 들판도 오늘 하루를 기대하며 쉬고 있다. 길옆에 피어 난 작은 봄꽃들이 다소곳이 웃고 있다.

차를 마시며 이 풋풋한 아침을 즐기고 있을 때 어제 인사드 렸던 뒷집 할머니가 등짐을 지고 나오셨다. 오늘이 장날이라 깨를 갈러 가신단다.

"잘 다녀오세요, 저는 좀 있다 갈게요." 말씀드렸더니 할머니 는 "그럼 같이 가자."고 하셨다. 아직 세수를 안 했다고 먼저 가 시라고 해도 "말끔하니 그냥 가도 된다." 하는 것이다. 대충 씻 고 할머니를 따라나섰다.

할머니는 연세가 86세나 된다. 그런데 젊은 사람들은 다 차 를 타고 다니는 길을 정정하게 걸어갔다. 염색을 하지 않아 거 의 다 희어진 머리를 뒤로 모아 쪽을 졌다. 그 모습이 아주 조 신스럽다. 젊었을 때 아주 고우셨을 얼굴에 어느덧 검버섯이 피 어올랐지만 수줍어하는 모습이 마음만은 소녀인 듯했다.

노인이 되면 다 현자가 되는가? 걸어가며 하시는 말씀마다 인생을 꿰뚫는 지혜가 담겨 있다.

"이 나이가 되면 맛있는 것도 없고, 가고 잡은 것도 없다."

"고생한 끝은 꼭 온다."

말씀 속에 모진 세월을 온몸으로 살아온 사람만이 가질 수 있는 삶의 관조가 느껴졌다.

나이 든다는 것은 어떤 것일까? 한 발 한 발 할머니와 함께 걸음을 내디디며 나이 듦은 하루하루 성숙을 만들어 가는 것이 아닐까 생각해 보았다. 소소한 일상으로 다가오는 매일이지만 그것을 정성스럽게 살아내며 우리는 날로 익어가리라. 할머니의 모습에 긴 삶의 관록이 묻어났다.

우리는 다정한 모녀지간처럼 이야기꽃을 피우며 시장에 도착했다. 시장에는 벌써 좌판이 펼쳐지고 오가는 발길들도 많았다. 할머니는 깨를 갈러 방앗간을 찾아가셨다. 나는 찰도넛을 사 먹으며 고령 오일장을 구경했다.

온종일 걸어서 고령의 대가야 고분을 보고 여러 마을도 돌아보았다. 숙소로 돌아와 밥을 지어 먹고 빨래를 해 널려는 참이었다. 할머니가 손에 떡을 들고 찾아오셨다. 노인정에 들어온 것을 조금 들고 왔단다. 그리고 김치를 주겠다며 그릇을 들고 따라오라고 하셨다. '내가 김치가 없어 아쉬워하던 것을 어떻게 아시고?' 속으로 쾌재를 부르며 따라갔다. 주방의 냉장고를 열어 김치 한 포기를 꺼내 그릇에 담았다. 할머니의 정겨운 마음이 고마웠다. 김치 그릇을 들고 나오려는데 방에 들어와 놀다 가라 하셨다. 그릇을 식탁에 내려놓고, 할머니 방에 들어가 함께 TV를 보았다. 베지밀을 먹어라 내주시고, 오늘 노인정에서 화투를 치다가 50원을 잃은 이야기도 하셨다. 즐겁게 놀다 방으로 돌아왔다.

돌아와 청소를 하고 있는데 또 할머니가 저녁 산책을 하러 가자고 오셨다. 가얏고 마을에는 식수와 농업용수로 쓸 물을 저장해 두는 큰 저수지가 있다. 우리는 그쪽으로 걸었다. 나는 할머니께 파와 민들레로 피리를 만들어 불어 드렸다. 할머니는

"젊어서 그런 것도 한다." 하셨다. 문득 할머니에게서 삶을 초월한 자의 초연함이 느껴졌다.

할머니는 언제 떠나느냐고 몇 번을 물으셨다. 벌써 헤어질게 서운해지는가 보다. 이틀간의 짧은 시간을 만났지만, 할머니와 나는 어느덧 헤어짐에 가슴 아려 하는 친구가 되어 있었다.

아침에 등짐을 메고 나오는 할머니를 보았을 때 불쑥 산티아고 순례길에서 만났던 이탈리아 할아버지가 생각났다. 젊은 사람들도 고되어 매일 진통제를 먹고 물파스를 뿌려야 잠들 수 있는 산티아고 순례길인데, 그 길을 83세의 할아버지가 걷고 있었다. 꼭 필요한 것만을 담은 누구보다 간단한 가방을 메고, 자신에게 맞는 발걸음으로 느리게 길을 가던 할아버지. 노인이라고 다 같은 노인이 아니다. 항상 도전하며 새로운 삶을 여는 청춘 노인도 있다. 자신이 원하는 길을 자신의 페이스대로 소신껏 걸어가는 할아버지가 대단해 보여 엄지 척 해드렸다.

여행에서 만난 고령 할머니와 이탈리아 할아버지는 나에게 우리네 삶이 어때야 할까 생각해보게 한다. 우리는 살면서 꼭 대단한 무엇인가를 이루어야만 하고 명성을 날려야 하나? 시골구석에서 이름도 알려지지 않는 노인으로 늙어가더라도 자기에게 주어진 삶을 정성스럽게 살아가며, 작은 것이라도 나누고, 마음을 주고받으며 사는 삶. 자신의 속도로 한 걸음 한 걸음 내디디며 마음 깊이를 더해갈 수 있다면 그것으로 족한 것 아닐까.

지금도 가얏골 들판을 쉬엄쉬엄 걸어 다니고 있을 나의 친구, 고령의 할머니가 보고프다. 여전히 건강하실까? 우륵과 대가야는 또 어떤 잔치를 펼치고 있을까? 내 가슴속에 한자리를 차지한 고령의 거리와 들판이 그곳의 이야기를 물어온다.

그 / 림 / 일 / 기

바다를 바라보며 앉아 있었다. 대포라고 불리는 거대한
망원렌즈가 달린 카메라를 어깨에 메고 해변을 거니는 남자에게
시선이 끌렸다. 홀로 바닷가에서 사진을 찍는 남자. 사색 깃든
걸음에 우수가 담겨있다. 나와 무관한 사람이지만 '가을 남자'라
이름 붙이고 싶어진다.

낯설지만 설레는
해운대의 밤

알지 못하는 곳으로 여행을 출발하며 여러 가지 기대를 하게 된다. 수려한 자연의 품에서 쉬고 싶기도 하고, 그곳의 역사와 문화를 알고 싶기도 하다. 한편으로는 알지 못하는 멋진 사람과의 우연한 만남을 꿈꾸기도 한다.

철원 여행을 하며 만났던 분이 있다. 그는 한 달간 혼자 동해 바다 해파랑길을 걸었다고 했다. 길을 걸으며 '어떤 여자가 술 한 잔 사주면 좋겠다. 말이라도 걸어주었으면 좋을 텐데. 함께 여행 이야기도 나누고 얼마나 멋질까?' 기대를 많이 했단다. 그런데 아쉽게도 결코 그런 일은 일어나지 않았다.

여행자는 항상 만남에 마음이 열려 있다. 그 열린 마음이 뜻밖에 위험한 상황을 만들지라도.

2016년 가을, 부산 여행을 갔을 때였다. 해운대에 도착하였다. 게스트하우스에 짐을 풀고 거리 구경을 나갔다. 국제영화제 기간이라 특별한 모습도 보였다. 스마트하게 차려입은 외국인이 문이 활짝 열린 식당 앞에 혼자 서 있다. 옷맵시와 준수한 외모가 눈길을 끌었다. 식당 안에는 영화에서나 나올 법한 화려한 차림새의 예쁜 여인이 혼자 식사를 하고 있다. 매니저와 배우인 듯했다. 별세계를 보고 있는 느낌이다. 거리에서는 또 하나의 신선한 경험이 나를 기다리고 있었다. 'free hug'라 쓰인 종이를 들고 가면을 쓴 총각이 두 팔을 벌리고 서 있는 것이다. 용기를 내었다. 난생처음 알지도 못하는 사람의 가슴에 포옥 안겨보았다. 이 총각은 배려가 담긴 두 팔로 부드럽게 안아주는데 오히려 나는 그를 꼬옥 안아주고 있다. 여행 중이라서였을까? 이런 용기가 다 생긴다. 위로라든가 회복 같은 것은 모르겠다. 그저 'free hug'라는 색다른 경험이 즐거웠다. 오자마자 해운대가 아주 재미있게 느껴졌다. 빌딩이 하늘 높이 서 있고, 상점들이 이어지는 거리는 사람들로 북적였다. 마치 외국의 낯선 도시에 온 듯 설레는 마음이 일기 시작했다. 거리 구경을 하며 가까이 있다는 바다를 만나러 갔다.

와! 바다가 나타났다! 넓은 모래사장과 부드럽게 모래 위를 쓸며 오가는 바다가 나타났다. 갑자기 나타난 바다를 바라보며 가슴 속에서 저절로 '아 좋다!' 탄성이 일었다.

해운대가 주는 설렘 때문이었을까? 해운대의 화려한 세상에 현혹된 것일까? 조금이라도 남아 있던 마음의 빗장이 해제된 것 같다. 바닷가에서 우연히 만난 남자와 의기투합하여 부산 여행을 함께 하자고 약속을 하였으니 말이다. 밤 여행을 피하는 나이다. 하지만 두 남녀가 뭉쳤다. 이 밤은 그냥 보내기 너무나 아쉽다. 부산의 밤이 유혹하고 있다. 더구나 오늘은 모두가 광란하고파 하는 불금 아닌가. 광란까지는 아니지만, 보석처럼 아름답게 빛나고 있는 해운대의 밤을 우리도 조금은 즐기기로 하였다.

해운대의 밤은 또 다른 세상이었다. 건물마다 환하게 불빛을 밝히자 현란하게 반짝거리는 도시가 태어났다. 광안대교가 별처럼 빛을 내며 바다 위에 떠 있다. 달맞이고개는 카페마다 식당마다 형형색색 불빛으로 빛나고 있다. 우리는 함께 카페에 앉아 커피를 마셨다. 영화의전당에 가 레드카펫을 걸었다. 밤바다를 산책했다. 낯선 여행지의 밤이 달콤했다.

먼저 말을 건넨 것은 나였다. 바다를 바라보며 앉아 있었다. 대포라고 불리는 거대한 망원렌즈가 달린 카메라를 어깨에 메고 해변을 거니는 남자에게 시선이 끌렸다. 홀로 바닷가에서 사진을 찍는 남자. 사색 깃든 걸음에 우수가 담겨 있다. 나와 무관한 사람이지만 '가을 남자'라 이름 붙이고 싶어졌다. 그런데 그 남자가 가까운 곳으로 와 앉았다. 렌즈를 바꾸려는가? 카메라를 만지작거렸다. 나는 아무 관심이 없는 듯 바다만 바라보았다. 옆에서 꼼지락거리는 소리에 자꾸 마음 한 자락이 끌려갔다. 가만히 있지를 못하고 그만 그에게 말을 걸었다.

"작품 사진 찍으시나 봐요."

그는 유명 사진 잡지에도 사진이 실리는 꽤 이름 있는 사진작가라고 자신을 소개했다. 그래? 작가라고? 내가 좋아하는 우수 깃든 스타일의 예술가? 이 낯선 남자가 더욱 멋지게 다가왔다. 나는 예술가에게 약하다. 가슴 속 어디엔가 예술에 대한 열망이 숨어 있는지 예술가라면 다 특별해 보인다. 그런 나를 그가 사진을 찍어주겠다고 했다. 바다를 배경으로 어색한 포즈를 취하며 몇 장의 사진을 찍었다. 그런데 뭔가 이상하였다. 아무리 사진을 모르는 나도 수평을 맞추어야 하고, 구도의 중심을 가로 1/3과 세로 1/3 지점에 맞추도록 한다는 기본 상식은 있다. 사진이 수평도 맞지 않아 기울어지고 어딘가 어색하였다. 하지만 사진작가라지 않는가. 작가라면 남들과 다른 자신만의 특별한 구도를 가지고 있을 것이라 믿었다.

사진을 찍으며 조금 편해졌는지 남자는 차 한잔 사겠다고 하였다. 마침 내가 커피 한잔하고픈 것을 어떻게 알고? 커피를 마시며 나는 여행 이야기를 하고 그는 자신이 하는 일을 이야기하였다. 그는 M&A 회사를 경영하고 있었다. 주말은 사진 활동을 한단다. 독신을 즐기면서 여유로운 삶을 사는 사람이었다. 회사에서 많은 학생에게 장학금을 주고 있으므로 나의 여행도 후원해 줄 수 있다고 하였다. M&A 회사라고 하니 이 남자가 도시적이면서 근사하게 생각됐다. 거기다가 진짜 나의 여행을 후원해 줄 것인가는 모르지만 후한 인심까지 마구 쓰고 있다. 그 후한 인심에 나의 마음은 더욱 빗장이 열리고 이 남자가 믿을 만하게 느껴졌다. 그러나 나에게도 삶의 기준이 있다. 여행 후원은 정중하게 거절하였다.

그는 자신이 나보다 두 살 많으니 오빠라며 말까지 은근슬쩍 놓기 시작했다. 나에게 너무 고생스러운 여행만 하지 말고 휴식이 되는 여행도 하라고 조언을 했다. 그러면서 자신이 묵는 호텔을 빌려줄 테니 와인 목욕으로 피로를 풀고 가라고 제안했다.

'와인 목욕은 또 어떤 것이지?'

'역시 이 사람은 수준 있는 삶을 살고 있네.'

혼자 마음속으로 생각하여보았다. 하지만 아무리 호감이 가는 사람이라도 오늘 처음 만난 남자의 호텔에 가 목욕을 하고 올 정도로 나를 열어놓고 살지는 않는다. 그래서 그런 호화로운 여행은 나의 여행과 맞지 않는다고, 나는 호강하러 여행을 온 것이 아니라며 정중히 거절하였다.

내가 모든 것을 거절하자 마지막으로 그는 경비를 모아 함께 부산 여행을 하자는 의견을 냈다. 얼마의 경비로 부산을 여행할 예정이냐고 물었다. 나는 하루의 경비로 6~7만 원을 예상한다. 그중에 게스트하우스는 이미 계산을 마쳤으므로 하루에 2만 원씩 4일이니까 8만 원을 예상한다고 말했다. 보통 한 지역에서 삼 일을 여행하지만 부산에서는 하루를 더 머물기로 했다. 부산국제영화제에서 상영하는, 딸이 출연한 영화를 보기 위해서였다. 그는 내가 8만 원을 내면 나머지 경비는 자신이 다 쓰겠다고 제안했다. 그 정도면 손해 보는 것도 아니고 서로에게 큰 부담이 되는 것도 아니다. 그렇게 의견을 모으고 그에게 8만 원을 건네주었다. 내일 아침 8시에 바로 이곳에서 만나자고 약속을 하였다. 그리고 나의 숙소 앞에서 손을 흔들며 헤어졌다. 어색하기도 하지만 신선한 만남이었다. 과하지 않게 적당히 즐겁고 적당히 야릇했다. 앞으로 펼쳐질 부산 여행이 멋질 것만 같았다.

 그런데 그는 나타나지 않았다. '무슨 일이 있어 늦게 오나?'
생각했다. 그런데 한 시간이 넘어도 나타나지 않았다. 무엇인가
잘못된 것 같았다. 설마 하면서도 의심스러운 마음으로 우리가
만나기로 한 장소가 보이는 카페에 앉아 베이글로 아침을 먹으
며 기다렸다. 그가 나의 숙소를 알기에 무슨 일이 있어 늦은 것
이라면 숙소로라도 찾아올 텐데 생각하였다. 나의 긴 기다림에
도 불구하고 그는 나타나지 않았다.
 그는 사기꾼이었다. 그는 여행자의 설레는 마음을 이용하여,
나의 호감을 사기 쳤다. 이런 일을 당하다니? 심란하면서도 '결
코 나쁜 사람으로 보이지 않았는데'라는 생각이 일기도 했다.
'겨우 돈 8만 원을 사기 칠까?' 싶기도 했다. 여러 생각이 오가
며 산란스러운 하루를 보냈다. 분명한 것은 그가 나의 돈을 가
지고 사라졌다는 것이다.

 그렇게 낯선 남자와의 만남으로 황당하게 시작된 부산 여행
을 마치고 다른 지역으로 이동하기 위해 부산역에 갔다. 광장
이 내려다보이는 식당에 앉아 순두부찌개로 점심을 먹는 중이
었다. 식사하며 무심히 역 광장을 바라보고 있었다.
 '허걱!' 놀라 시선이 고정되었다.
 '아니! 저 남자는?' 바로 그 사기꾼! 놀라야 하나? 당연하다
고 생각해야 하나? 나에게 8만 원을 사기 쳐 가져간 그 남자가

또 누군가를 물색하고 있는 듯, 광장을 이리저리 배회하고 있다. 죄는 그가 지었는데 내가 죄를 지은 것처럼 심박이 빨라지고 가슴이 떨려왔다. 놀란 나의 눈길이 광장을 헤매고 다니는 그 남자를 자꾸 따라다녔다. 부산 여행이 저 사기꾼으로 시작하여 저 사기꾼으로 끝나는가 보다.

화가 난 마음에 '경찰에 신고를 하여 다른 피해를 줄여야 할까?'라는 생각이 스쳐 갔다. 그런데 멀리서 그를 내려다보고 있노라니 여전히 그 옷에 그 가방을 메고 바삐 헤매는 모습이 아주 후줄근했다. 그도 참 안된 사람이다. 겨우 8만 원을 위해 그렇게 애를 쓴 그가 불쌍하기도 했다. 연민이 느껴졌다. 그냥 용서해주자고 마음을 정리했다. 8만 원을 주고 색다른 경험을 샀다고 생각하면 그뿐.

생각해보면 나는 사기를 당하기 딱 좋은 사람이다. 새로운 사람을 만나면 의심하기보다 동화되고 싶어 하고 궁금해한다. 다른 삶을 살아온 이 사람이 '어떤 생각을 하는 사람일까?' '어떤 삶을 사는 사람일까?' 알고 싶어 한다.

또 이제까지 고마운 사람만 만나고 좋은 사람만 맞난 것도 이렇게 쉽게 사기를 당한 원인일 것이다. 한번 고마운 일을 만나면, 이분이 참 좋은 사람이구나 생각한다. 그런데 전국에서 매일 도움을 받고 감사함에 젖어 살았다. 세상에 감사함만 있는 줄 알았다. 오늘 또 좋은 분을 만났다고 생각했던 것이다.

뒤돌아보면 그 남자는 이상한 점이 많았다. 사진작가가 비정상적인 구도로 사진을 찍는 것도, 회사를 경영한다는 사람의 얼굴이 새카맣게 그을린 것도 자연스럽게 여겨지지 않았다. 특히 택시비를 낼 때마다 카드가 아니라, 주머니 여기저기에서 천 원짜리를 주섬주섬 찾아내는 것은 불편하게 느껴지기까지 했다. 그 이상한 점을 이상하다고 생각했어야 했다. 처음엔 몰랐지만, 그는 딱 사기꾼이었다. 그땐 왜 그걸 몰랐을까?

새로운 만남에 대한 설렘이 다 설렁설렁 넘어가게 만들어버렸다. 마음이 쓰리지만 그래도 자신을 스스로 위로하련다. 사기를 치려고 달려드는 사람에게는 당하지 않을 수 없다. 앞으로 더는 그런 사람을 안 만나길 바랄 뿐이다.

그런데 이 뜻밖의 사건이 화가 나기보다 우습고 재미있다. 또 하나의 새로운 세상을 여행한 것 같기도 하다. 사기를 당하고도 아직 정신을 못 차리고 있는 걸까? 하지만 비록 사기를 당한다고 할지라도 여행자가 만남에 대한 설렘을 버릴 수는 없다. 나는 여전히 새로운 만남을 기대하며 만나는 모든 사람을 향해 환하게 웃는다. 만남은 여행자를 항상 설레게 하기 때문이다.

조동을 출발하여 지안재를 넘고, 다시 오도재를
오르는 길은 가을이 줄 수 있는 모든 선물을
선사하는 듯한 멋진 길이었다.

지안재 동생과 오도재

함양 조동에서 시작하는 지안재와 오도재를 걸었다. 우리나라 아름다운 길 100선에 선정되었다는 명성이 자자한 길이다.

조동을 찾아가는 버스 안에서 할머니 한 분을 만났다.

"그동안 뼈가 빠지게 일하고 이제 좀 쉴 만한 나이가 되니 안 아픈 데가 없어"라 하셨다.

병원을 다녀오는 중이라는 할머니는 인상이 아주 선했다. 저녁 반찬으로 사 들고 오는 무 하나를 내가 대신 받아 들었다. 할머니가 지안재에 얽힌 이야기를 해주셨다. 지금처럼 이렇게 길이 난 것은 얼마 되지 않았다고 한다. 10여 년 전만 해도 지안재는 가파르고 좁은 꼬부랑길이었다. 머리에 짐을 이고 넘어가다가 빼딱 넘어지기 일쑤였단다.

"세상 참 좋아졌지. 길이 다 포장이 되었으니"라 하셨다. 할머니 집에 도착했다. 자그맣고 깔끔한 집이었다. 할머니는 이곳에서 혼자 살고 계셨다. 이제는 헤어져야 할 시간이다. 집 앞에서 잘 다녀오겠다고 인사를 드렸다. 할머니는 내가 혼자 걷는 걸 걱정하며 잘 다녀오라고 손을 흔드셨다. 할머니의 배웅을 뒤로 하고 홀로 걷기 시작했다. 지리산으로 이어지는 길고 긴 길에

접어들었다.

조동을 출발하여 지안재를 넘고, 다시 오도재를 오르는 길은 가을이 줄 수 있는 모든 선물을 선사하는 듯한 멋진 길이었다. 머리 위에서 하늘은 바다보다 파란 빛으로 높고 높았다. 단풍든 소금나무는 붉게 붉게 불타고 있었다. 가을 햇살을 받아 더욱 화사해진 억새꽃이 하늘하늘 춤추며 인사했다. 그리고 알알하게 불어오는 바람까지 이 가을 모든 것이 아름다웠다.

산모퉁이를 노란 산국이 장식하고 있다. 연보랏빛으로 피어난 개쑥부쟁이 길을 걸었다. 우아한 자태를 뽐내는 가을의 여신, 구절초도 보였다. 하루에 한 번도 만나기 힘든 고사리삼이 잔뜩 피어나 있어 놀라움을 안겼다. 그리고 난생처음 보는 영국병정 지의류가 매력적인 빨간 입술 꽃을 피웠다. 이런저런 볼거리에 꼬불꼬불 계속되는 오르막이 하나도 힘들지 않았다.

그렇게 오른 지안재 정상에서 새로운 동생이 생겼다. 그는 온몸이 마비된 상태로, 개조한 트럭 안 휠체어에 앉아 있었다. 처음 만났지만 보자마자 따뜻한 가슴으로 품어주고 싶다는 마음이 일었다. 트럭 앞에는 동생이 팔고 있는 몇 개 안 되는 물건이 놓여 있다. 그중에서 말린 감을 사 동생과 나눠 먹으며 이야기를 나누었다. 그는 해맑게 웃으며 서슴없이 자신의 이야기를 해주었다. 그러면서 자연스럽게 나는 그를 동생이라 부르고 있었다.

20년 전, 스물한 살의 나이에 오토바이 사고가 있었다. 그 사고로 온몸이 마비되어버렸다. 세상이 다 내 것 같고, 뭐든지 할 수 있을 것 같은 꿈 많은 나이였다. 그런데 하루아침에 끝도 보이지 않는 낭떠러지로 추락하고 만 것이다. 그 후로 몸도 마음도 참으로 힘든 시간을 보내야 했다고 한다.

누구도 사고를 당하고 싶지 않다. 그러나 불의의 사고는 누구에게든 올 수 있다. 내게도 그런 사고가 있었다.

7년 전 남동생이 세 모녀 제주도 여행을 제안했다. 엄마 칠순을 기념하여 여행자금은 다 지원할 테니 엄마와 나와 여동생이 함께 여행을 다녀오라고 했다. 수다스러운 세 모녀는 마냥 즐거워하며 여행을 떠났다. 그런데 그 여행에서 큰 사고를 내고 말았다. 내가 운전하고 있던 렌트카가 제주도 사계항 앞바다에 추락했다. 도무지 이해가 가지 않는 일이었다. 나는 분명 천천히 주차하고 있었다. 그런데 갑자기 차가 총알처럼 튀어 나가더니 바다에 풍덩! 빠진 것이다. 물이 순식간에 차올라와 머리까지 잠겼다. 이제는 죽는구나 생각했다. 그 절체절명의 순간에 나는 아주 침착하였다. 사소한 일 앞에서는 벌벌 떨던 내가 그 순간만큼은 담담했다. 아주 짧은 순간, 지난 삶에 대한 감사함이 일었다. 이어서 아이들에 대한 걱정이 스쳐 갔다. 그러나 나보다 더 똑똑한 아이들이니 나보다 훨씬 더 잘 살아갈 것이라며 자신을 스스로 안심시켰다.

그런데 우리가 추락하는 것을 보고 곧바로 바다로 뛰어든

'그분' 덕분에 우리는 모두 구조되었다. 여동생은 의식을 잃은 상태로, 엄마는 숨이 멈춘 상태로.

하지만 나는 바닷속에 있을 때보다 구조되어 밖으로 나왔을 때가 더 겁나고 무서웠다. 여동생은 금방 의식을 찾았지만, 엄마는 인공호흡으로 어렵게 숨만 돌린 상태에서 구급차를 기다렸다. 엄마는 의식이 돌아올 수 있을까? 내가 무슨 일을 저지른 것일까? 남동생은 자기가 여행을 가라 했다며 얼마나 자책할까? 내 마음은 사계항 바다보다 더 깊은 지옥으로 떨어져 암흑 속을 헤매었다.

그날 우리를 구조해주신 분은 강 선생님이었다. 다행히 엄마는 며칠 후 의식을 되찾았고, 엄마의 의식이 돌아옴과 거의 동시에 잠시 주춤했던 우리의 수다도 되살아났다. 생사의 갈림길에서 우리를 생의 길로 이끌어준 강 선생님께 다시 한 번 감사의 인사를 전하고 싶다. 그날 이후 나는 제2의 삶을 살고 있다.

우리는 한 달 동안 치료를 받으며 모두가 회복되었는데, 지안재 동생은 여전히 장애를 안고 살아가고 있다. 그 새파란 나이에 부서진 자신을 받아들이고 다시 일으켜 세우기까지 얼마나 많은 아픔의 시간을 보내야 했을까? 너무나 잘생긴 동생이라 더욱더 안타까웠다. 그래도 지금은 미소 띤 얼굴에 해맑음과 환함과 편안함이 담겨 있다. 달관한 듯한 얼굴이 가슴 아프면서도 참으로 고맙기 그지없다.

지안재 동생을 오래 기억하고 싶어서 가지고 다니는 보자기에 사인을 해달라고 부탁했다. 마비된 손에 힘이 들어가지 않는지 글자가 자기 가고 싶은 데로 가려고 삐뚤빼뚤했다. 우리 만남을 기념하는 마음으로 동생이 파는 팔찌도 사서 팔목에 걸었다. 그리고 아쉽지만, 다시 내 길을 걸어갔다. 그 뒤를 동생이 멋진 웃음으로 배웅하고 있었다.

지안재를 내려와 다시 오도재를 오르는 길은 길고도 길어 별 생각이 다 일어났다. 저기가 끝이겠지 생각하며 걸어 오르면 다시 오른쪽으로 휘어졌다. 이제 진짜 끝이겠지 하고 걸어 오르면 길은 다시 왼쪽으로 휘어졌다. 끝없이 이어지는 길에 옹녀의 무덤도 있고 변강쇠의 무덤도 있다. 그리고 옛날 주막도 있고 죽염을 만들었다는 인산 선생의 터도 있고 예쁜 계곡도 있고…….

'이렇게 끝도 없이 오르다 어딘가에서 무슨 일이 생기는 것은 아닌가?'

'요즈음 의정부 사패산에서 험악한 일이 있었다는 이야기도 들리던데.'

이어지는 길 따라 상념도 이리저리 달려간다. 만약 위험한 순간이 되면 어떻게 행동해야 할까? 머릿속으로 혼자 그려도 보았다. 우선 마음을 차분히 하고 문자 하나만 할 수 있게 해달라고 부탁을 해야겠다. 그리고 딸과 아들에게 이렇게 문자를 보낼 것이다.

'나의 사랑하는 딸과 아들아, 엄마는 너희를 아주 많이 사랑한다. 엄마는 아주 행복하게 살았다. 특히 너희들이 있어서 정말 행복했다. 혹시 엄마가 여행하다 좋지 않은 일을 맞이하더라도 절대 슬퍼하지 마라. 좋아하는 길 위에서 삶을 마칠 수 있는 것은 엄마에게 너무나 큰 축복이다. 엄마는 너희도 매일매일 행복을 선택하는 삶을 살길 바란다. 너희가 진정으로 원하는 삶을 살기를 바란다.' 마음으로 유서를 쓰며 드디어 오도재 정상에 도착하였다.

오도재 정상에는 높이 8미터, 길이 38.7미터의 거대한 지리산 제일문이 저 멀리 솟은 천왕봉을 바라보고 서 있었다. 이 문을 통과하는 것이 천왕봉에서 반야봉까지의 27킬로미터를 한눈에 볼 수 있는 길이다. 이 길을 계속 걸으면 칠선계곡을 거쳐 백무동으로 이어져 지리산의 품으로 파고들게 된다. 길은 앞으로 끝없이 이어진다.

오늘 걸은 지안재와 오도재 길은 꼭 우리들 인생길과 닮은 것 같다. 우리네 삶은 결코 직선이 아니다. 왼쪽으로 가는가 싶다가 어느덧 오른쪽으로 휘어진다. 잘살고 있다 싶다가도 갑자기 예기치 않은 천둥번개를 만난다. 내가 갑자기 바다에 추락했던 것처럼, 동생이 불의의 사고를 당한 것처럼.

오도재에서 나는 작은 깨달음 하나를 얻었다. 삶에서 예기치 않는 비를 만나고 폭설을 만나도, 우린 그 순간에도 우리의 걸음을 놓지 말아야 한다는 것을. 힘이 들수록 가끔 고개를 들어 주위를 둘러보자. 그러면 철 따라 꽃들은 피어나며, 평소에 잘 보기 힘든 꽃들을 무더기로 발견할 수도 있다. 중요한 것은 눈이 오나 비가 오나 우리 앞의 길을 뚜벅뚜벅 걸어가는 것이다. 지안재 동생이 해왔던 것처럼.

바다에 빠졌던 그 날 이후 나는 나에게 허락된 더 많은 날에 감사한다. 그리고 내가 원하는 삶을 열어갈 수 있는 날이 아직 남아 있음에 감사한다.

친구는 빨간 빛깔의 자몽차를 끓여 왔다.
차를 마시며 이어지는 우리의 대화도
진하게 우러났다.

나쁜 사람이어도 좋아

무안 군청에 들러 여행 자료를 받아 들고 나오며 보니, 원피스를 단정히 입은 중년의 여인이 눈길을 끌었다. 즐거운 걸음으로 화분을 밖에 내어다 놓으며 카페를 열기 위한 준비를 하고 있었다. 아침을 활기차게 여는 모습이다. 보는 사람까지 기분 좋게 했다. 저분이 열고 있는 카페에서 차 한 잔 꼭 마셔야겠다고 생각하며 무안 여행을 시작했다.

목포대학박물관을 관람하고 목포대학 뒤에 있는 승달산을 오르며 하루를 보냈다. 이른 저녁으로 무안 낙지 체험을 한 후 카페를 찾아갔다. 계단을 오르기 전 입구부터 꽃길이라 벌써 마음이 환해졌다. 문을 열고 들어갔다. 깜짝 놀라 휘둥그레져 둘러보았다. 오랜 손길이 느껴지는 나무 테이블과 그 위에 정갈하게 수를 놓은 하얀 테이블보. 다른 느낌을 주는 여러 의자들. 벽을 장식하는 고전적인 유럽풍의 그림 접시. 앤티크에 대한 깊은 조예를 가진 '앤티크덕후'라는 사장님이 평생을 살며 모아 놓은 개성 있는 찻잔들. 그 고색의 가구와 소품들이 환한 꽃과 어울려 일순간에 사람을 행복하게 만들어주는 곳이었다. 무안에 이렇게 특별한 곳이 있을 줄은 상상을 못 했다.

카페는 눈에만 예쁜 것이 아니었다. 아메리카노 커피는 부드

러우면서 깊은 맛을 냈다. 마리 앙투아네트 홍차는 달콤한 향기가 더해져 매혹적이었다. 집에서 아이들에게 만들어주던 방식 그대로 만들었다는 수제 샌드위치는 감자 샐러드가 들어가 고소하면서도 야채가 듬뿍 들어 새콤 아삭했다. 눈으로 한 번 행복하게 하고 맛으로 또 한 번 행복을 선물해주는 카페이다.

아침부터 눈길을 끌었던 사장님과 자연스럽게 동석하여 이야기를 나누었다. 말을 참 재밌고 멋지게 잘하는 분이다.

"다리 떨릴 때 가지 말고, 가슴 떨릴 때 가야 하는 것이 여행이다." "여행은 다시 제자리로 돌아오기 위해서 떠나는 것이다." 하는 말마다 공감하게 된다. 서로 말이 아주 잘 통하는 것이 느껴졌다. 우리는 서로 친구 먹자고 악수를 하였다. 무안에서 멋진 친구가 생겼다.

여행을 하며 사람을 만나는 것은 여행의 또 다른 묘미이다. 저마다 자신의 방법으로 최선을 다해 가꿔온 삶들은 내가 가보지 못한 미지의 길이다. 평생을 살며 닦아온 지혜와 세상을 바라보는 새로운 시선과의 만남이다. 새롭게 친구가 된 우리는 그 만남이 즐거워 많은 이야기를 나누었다.

그 친구는 시어머님과 시아버님을 모시며, 아이를 키우며, 사업도 하며 쉴 틈 없는 세월을 살았다. 그렇게 살다 보니 어느새 나이 오십이 넘어 있었다. 나를 위한 것은 하나도 없는 희생만이 가득한 삶이었다. 어느 순간 '이렇게 사는 것은 아니다'라는 생각이 들었다. 그래서 친구는 착한 사람이기를 포기하기로 했다. 시부모님에게도 착한 사람, 자식에게도 착한 사람, 남편에 게도 착한 사람이 되느라 지쳐 정작 자신에게는 아무것도 해주 지 못하는 삶을 살았던 것이다.

명절이 돌아오자 그녀는 여행을 하기로 했다. 지금까지 해마 다 열심히 명절을 준비했다. 그러나 그해 그녀가 선택한 것은 일탈이었다. 결혼 후 처음으로 명절에 여행을 떠났다. 편안하고 여유 있는 나를 위한 명절을 보내고 돌아왔다. 물론 집에서는 난리가 났다. 순식간에 나쁜 며느리, 나쁜 여자가 되었다. 그렇 지만 며느리와 아내가 없다고 명절이 잘못되는 것은 아니었다. 없으면 없는 대로 무리 없이 명절은 지나갔다. 그렇게 3년을 계 속하였다. 시부모님들도 이제는 명절이 되면 며느리가 여행을 가겠거니 당연하게 생각한다고. 이제는 나쁜 여자라고 욕을 하 지도 않는다. 며느리가 없으니 그동안 가려져 있던 며느리의 노 고를 알게 된 것이다.

결론적으로 친구의 나쁜 사람 되기는 좋은 방법이었다. 그렇 게 보낸 명절날의 일탈이 친구에게는 힘들었던 자신을 위로하 고 치유하는 시간이 되었다. 그래서 이제는 '명절에 여행을 꼭 가야 하나?' '나만 편한 것보다 조금 힘이 들더라도 가족과 함 께 명절을 보내는 것이 낫겠다'라는 생각까지 들게 되었다.

나는 친구의 '나쁜 사람 되기'에 큰 박수를 보내 주었다. '나 쁜 사람 되기'는 '착한 사람 되기'보다 훨씬 어렵다. 우리는 착 한 사람이 되라고 교육받으며 자랐다. 이타적인 사람이 되라고 이기적인 사람은 나쁜 사람이라고 교육받았다. 그 교육은 우리의 뼛속 깊숙이까지 스며들어 착한 사람이 되어야 마음이 편하다. 그런데 그 착함이 그저 당연하게 요구되는 희생이라면 그것은 착함이 아니라 폭력일 수 있다. 친구의 이야기를 들으며 차라리 나쁜 사람이 되어 폭력을 멈추게 해야 함을 배운다.

그런데 이만큼 살아보니 우리가 아무리 '나쁜 사람 되기'를 한다고 해도 그리 나쁜 사람이 되지는 못한다. 이미 형성된 우리의 인격은 우리를 상식 이하로 나빠지게 만들지 않는다. 그러니 마음껏 이기적으로 살아도 된다. 친구가 아무리 '나쁜 사람 되기'를 해보았자 자신을 위한 여행을 하는 정도 아닌가.

여행이 끝나고 해남 우아당(해남군 화원면 매월리. 글을 쓰기 위해 친구의 집에 두 달 남짓 머물렀다. 멋진 집을 통째로 빌려준 친구 수연에게 깊은 감사의 마음을 전한다)에서 잠시 머문 적이 있다. 무안이 멀지 않기에 친구를 만나러 갔었다. 1년 만에 만났는데도 반가운 마음에 우리는 여전히 수다스러웠다. 친구가 1,000권의 책을 읽은 사람을 만났던 이야기를 해주었다. 어떤 사람이 1,000권의 책을 읽고 나서 깨달은 게 있다는 것이다. 그것은 '세상에는 일정한 기준이 없다'는 것이었다. 1,000권의 책마다 다다른 기준과 다른 이야기를 하고 있다. 세상을 이끄는 어떤 일정한 기준이 있는 것이 아니라 각자 저마다의 기준이 있었다. 내가 옳다고 생각하면 옳은 것이고 내가 하고 싶으면 하면 되는 것이다. 이 세상을 살아가는 기준은 나이고, 바로 내가 답이었다. 친구의 이야기에 공감하며 삶의 지혜를 또 하나 얻었다.

친구는 빨간 빛깔의 자몽차를 끓여 왔다. 차를 마시며 이어지는 우리의 대화도 진하게 우러났다. 1년 만에 만났고 언제 또 만날지 모르는 친구이지만 마음은 무한히 이어지는 나의 무안 친구이다.

경험하고 여행하고
또 경험하고

중앙시장을 나와 무심히 거리를 걷다가
'왕산역사공원'을 만났다. 설명글을 읽어 보니
'상주의 중심, 상주의 명산, 왕산'이라 적혀 있다.

여행의 법칙, 사흘 살기

우리나라의 한 지역을 찾아가 그 마을에서 삼일을 머무는 것이 내 여행의 기본 방향이었다. 즉, 사흘 동안 그 고을 주민처럼 살며, 그 지역을 두루 여행하면서 사람을 만나고 자연과 역사, 문화를 접하고 느껴보는 것이다.

처음 도착하는 날은 그 지역에 대하여 아무것도 모른다. 어색하고 당황스럽다. 우선 눈에 띄는 모텔을 찾아 들어가 살림살이가 다 들어 있는 짐을 부렸다. 그리고 시청이나 군청 또는 관광안내소를 찾아가 여행을 위한 자료를 구했다. 지역의 관광지도는 필수자료이다. 더불어 그 지역에서 추천하는 장소의 홍보자료를 챙겨 나왔다.

요즈음 관공서는 아주 친절하여 자료를 잘 챙겨줬다. 강진 마량면에서는 황송한 대우까지 받았다. 군청이 아니라 면사무소인데도 자료가 많이 있었다. 자료를 챙겨줄 뿐만 아니라 여러 명소에 대한 친근한 설명까지 덧붙여주었다. 잠시 쉬어 가라며 황칠나무 차도 따라주고 사탕도 챙겨주었다. 심지어 면사무소 문밖까지 세 분이나 나와 허리 숙여 인사를 했다.

이렇게 황송한 대접까지 받고 보니 새로 도착한 강진에 대한

호감이 급상승했다. 공무원의 살가운 행동이 홍보대사 역할을 톡톡히 했다

　자료를 구한 다음에는 주로 카페를 찾아 들어가 구해 온 자료를 읽으며 삼 일 동안 살면서 여행할 곳을 자세히 살펴보았다. 몇 개의 면이 있는가? 지금 내가 있는 곳의 위치는 어디쯤인가? 지도를 펴 놓고 동서남북으로 살펴보고, 역사문화유적을 확인해보고, 경치 좋은 곳이나 박물관과 전시관의 위치를 알아본다. 보통 두 시간 정도 지도를 뒤집었다 엎었다 하며 삼 일간의 일정을 짰다. 특히 그 지역에 가야만 볼 수 있는 문화적·역사적 명소나 특별한 것을 우선하여 정한다. 하지만 두 발과 대중교통을 이용한 여행이기에 가고 싶은 곳을 다 갈 수는 없다. 버스 노선과 시간이 맞지 않아 아쉽게도 포기해야 하는 곳도 많았다.

　자료 탐색이 끝나면 내가 머무는 지역을 느껴보기 위해 발길 닿는 대로 걸어 다닌다. 무작정 거리를 걸어 다녀도 많은 것을 만날 수 있다. 익산에서는 흘러간 영화의 한 장면 같은 수제화점을 만났다. 반백의 노인이 얼마 되지 않는 좁은 공간에서 익숙한 손길로 구두를 만들고 있었다. 울진에서는 예쁜 책방을 보았다. 시민들이 함께 만들어가는 높낮이 없는 책방 '평지'라고 했다. 화천에서는 쉽게 만나기 힘든 대포 탄피와 장총이 시장바닥에 전시되어 있는 것에 깜짝 놀랐다. 재미있는 걸 발견하고 그 지역이 내 마음속에 서서히 스며들어 오는 첫날의 시내

걷기이다.

상주에서는 중앙시장부터 걷기 시작했다. 시장의 물건에서 가을이 느껴졌다. 햇땅콩이 벌써 나왔다. 토란대도 잘려 나와 길게 누워 손님을 기다리고 있다. 싸리버섯, 뽕나무버섯 그리고 능이까지 버섯이 한창이었다.

중앙시장을 나와 무심히 거리를 걷다가 '왕산역사공원'을 만났다. 설명글을 읽어 보니 '상주의 중심, 상주의 명산, 왕산'이라 적혀 있다. 왕산, 상주의 중심이라는 말만 들으면 이 산이 대단한 산이라 생각할 것이다. 사실 바라보며 웃음이 나왔다. 왕산은 쉰 걸음도 안 올라가 정상이 나오는 산이었다. 그런데도 정상에 '장원봉'이라는 표지석이 서 있는 산이다.

고려 공민왕 11년(1362년)에 홍건적이 침입하였을 때 고려 왕실이 상주목 상주성을 임시거처 행궁으로 사용했다고 한다. 당시 이 작은 산이 고려 왕실의 주산 역할을 한 것이다. 또 조선조 1392년부터 1592년까진 경상감영이 이 왕산 아래 있었다. 사람들은 상주에서 인재가 많이 배출하게 된 것도 왕산이 있었기 때문이라 생각하여 왕산을 '장원봉'이라고도 부른다. 이런저런 이유로 상주 사람들에게 왕산은 높이와 상관없이 크게 느껴지는 명산인 것이다.

왕산을 한 바퀴 돌아 내려오며 역시 '작지만, 이름값을 하네.'라고 느꼈다. 뜻밖에 마음을 푸근하게 하는 고려 시대 보물 '상주 복룡동 석조여래좌상'도 만나고, 숲의 무게감을 더해주는

180살의 느티나무와 430살의 팽나무도 만났으니 말이다. 그리고 목은 이색, 양촌 권근, 점필재 김종직 같은 놀라운 분들이 기문을 썼다는 풍영루에 올라가 잠시 바람을 쐬며 쉬었다.

왕산에서 나와 향촌의 양반들이 지방행정의 보조 역할을 했던 역사를 보여주는 '상주 향청'에 들렀다. 그리고 500살이 넘은 느티나무를 만나고, 상산 초등학교의 나무 그늘에 앉아 쉬다가 상주 문화의 거리를 걸었다.

걸어 다니며 황도를 바구니가 넘치게 담아놓고 파는 모습을 보니 입안에 군침이 돌았다. 길가에서 달콤한 향이 느껴지는 복숭아 한 바구니를 오천 원에 샀다. 먹고 싶은 마음을 참지 못하고, 가지고 다니는 물로 씻어 먹어보았다. 우와! 풍부한 과즙과 함께 밀려오는 향기로운 감동이여! 역시 복숭아는 황도가 최고다. 여기서 먹고 저기서 먹고 돌아다니며 벌써 반은 먹었다.

이번에는 할머니가 사과를 가득 쌓아놓고 오천 원에 팔고 있다. 햇사과가 또 얼마나 맛있는 계절인가. 할머니에게 사과를 또 샀다. 할머니는 사과만 주는 게 아니라 포도도 두 송이나 주었다. 손사래를 하며 마다해도 그냥 막 주셨다. 장사를 마무리하고 들어가야 하는데 무겁다는 것이다. 고맙고도 미안한 마음으로 감사의 인사를 드렸다. 그런데 할머니는 오히려 당신이 고맙다고 하셨다. 내가 이렇게 가득 맛있는 것을 받았는데도 말이다. 거리를 한 바퀴 돌며 상주가 눈에 익숙해지며 마음 안으로 들어온다. 첫째 날 벌써 거의 반은 상주의 주민이 된 느낌이다.

우리나라 여행은 말이 통하고 글이 통하기에 물건 하나 사는 데도 마음이 오간다. 처음 보는 유적도 안내판을 읽으며 다 이해할 수 있다. 마음을 주고받으며 교감할 수 있는 여행이다. 산티아고 순례길을 걸으며 이런 여행을 정말 그리워했었다. 우리나라에서는 어디를 가나 말이 통하기에 그것의 소중함을 몰랐었다. 산티아고 순례길을 떠나기 전 나름 스페인어를 공부하며 준비했다. 하지만 '이것은 무엇인가요? 이 물은 먹을 수 있나요?'를 물어볼 정도의 아주 초보적인 수준이었다. 스페인 사람들이 다정하게 친절을 베푸는데도 더듬더듬 명사만을 나열하며 내 마음을 하나도 표현할 수 없었다. 이렇게 빈약하고 답답한 대화에 안타까웠던 기억이 우리 땅 여행의 맛을 더욱 진하게 느끼게 했다. 맘껏 이야기 나누며 깊은 속내를 주고받을 수 있는 우리나라 여행. 지금 그렇게 할 수 있어 속이 후련하다.

둘째 날과 셋째 날은 본격적으로 여행을 한다. 그 고장의 대중교통을 이용하여 보고픈 곳을 찾아 나선다.

산청에서는 면화시배지를 찾아갔다. 옛날이야기처럼 알고 있던, 씨를 붓두껍에 몰래 숨겨 가지고 온 문익점이 처음으로 목화를 심었다는 곳이다. 방송에서나 들었던 영동 노근리 미군 양민학살의 현장을 보았다. 아직도 쌍굴다리에는 총탄의 흔적이 수도 없이 생생하게 박혀 있었다. 창녕 주남저수지를 찾아가 철새를 관찰하였다. 남도에 펼쳐진 동학의 역사를 만났다. 신안 증도에서는 그 인품과 사랑에 탄복하여 흐르는 눈물을 막을 수 없었던 문준경 전도사의 삶을 만났고, 양구 해안 마을에서는

'통일이여 어서 오라' 애타게 부르짖는 휴전선 아랫마을의 아픔을 만났다. 광양에서는 우리나라가 김 양식을 최초로 개발한 나라임을 알았다. 원주에서는 조선 시대 홀로 금강산을 다녀온 14살 소녀 금원을 알게 되었고, 고성에서는 새로운 친구를 만났다. 이 책에서 기록하고 있는 것들이 대부분 둘째 날과 셋째 날의 여행 이야기이다.

우리나라 여행은 삶도 통하고 역사도 통하기에 그 어디를 가든지 우리가 지금 살아가고 있는 이야기이며 함께 겪어온 아픔이다. 다 내 이야기인 것이다. 몰랐던 나, 뒤로 숨겨두었던 나, 그리고 남의 이야기처럼 알았던 나를 온전히 내 것으로 받아들이고 좀 더 생각해보고, 찬탄하고, 아파하고, 감사하게 되는 시간이다. 여행을 통해 공부하고 깊어지고 넓어지고 또 따뜻해지는 둘째 날 그리고 셋째 날이다.

새로운 곳에 도착하면 내 마음은 어리둥절 서걱거린다. 그렇게 여행은 시작된다. 그런데 사흘의 여행이 요술을 부린다. 사흘 동안 살며 그곳의 음식을 먹고, 그곳 사람들을 만나고 그곳의 역사를 알게 되면 어느덧 그 고장은 아주 친숙한 곳이 되어 있다. 마치 계속 살아왔던 사람인 듯, 내가 거기에 서 있는 것이 자연스럽다. 그리고 내일 다른 곳으로 떠나야 한다는 것이 가슴 아리게 다가왔다. 그곳에서 만난 사람들, 걸었던 길, 감동했던 아름다움들이 나와 보이지 않는 인연을 이었기 때문이리라.

영양은 공기도 좋고 풍광도 놀라웠다.

모든 만남은 꽃으로 피어

구미 금오산을 오르는 길은 벚꽃이 예쁘게 피어올라서 걷기 참 즐거운 길이었다. 누구라도 언제라도 산을 오를 수 있도록 정비도 잘 되어 있다. 돌을 놓아 돌길을 만들어 놓은 곳도 있고, 데크길 위에는 다시 잘게 자른 타이어 조각을 박아 미끄러지지 않게 했다. 화장실도 곳곳에 있어 등산객들을 위한 세심한 배려를 느낄 수 있었다.

저수지 '금오지' 아래에서 부채에 그림을 그려 팔고 있는 율전 선생에게 들은 바로 '금오'는 '금 까마귀'라는 뜻이다. 아도화상이 산 위에서 석양빛을 받으며 날고 있는 까마귀를 보고 "금오로다!" 외친 데서 금오산이라는 이름이 생겼다. 또 다른 뜻으로 금오는 태양을 뜻한다고 했다. 내친김에 '구미'는 어떤 뜻이냐고 물으니 '거북이 꼬리'라는 뜻으로, 거북이 모양을 한 산이 그 꼬리를 낙동강에 담그고 있는 모양에서 유래했다고 한다.

구미. 거북이 꼬리. 거북이 머리도 아니고 꼬리라니? 아무리 모양이 그렇다 해도 선뜻 이해가 가지 않았다. 이름에는 소망이 담겨있다. 우리는 태어난 자녀에게 건강하고 훌륭하게 크라는 축복을 담아 이름을 지어준다. 꼬리가 되라는 의미를 담아 이름을 짓지는 않는다. 처음 들어보는 이름의 뜻이다. 하지만 신선했다. 꼬리도 필요한 부분이지 않은가. 머리가 되든 꼬리가 되든 뭐가 되면 어떤가? 구미의 유래를 들으며 꼬리가 주는 의미에 마음이 편안해져서 가벼운 걸음을 옮겼다.

금오산과 산 밑에 있는 금오지에는 봄나들이를 나온 사람들이 많았다. 산책을 하기도 하고 도시락을 펴 놓고 단란하게 식사를 즐기고 있다. 정자 위에도 할머니들이 음식을 펴 놓고 둘러앉아 있다. 금오지에서 율전 선생과 즐겁게 나눈 대화가 여운이 남아서일까? 배도 고프지 않은데 밥 한 술 얻어먹고 싶다는 객기가 일었다. 정자로 다가가 미소 가득한 목소리로 말을 건넸다.

"맛있는 거 많이 싸 오셨네요. 저도 같이 먹어도 될까요?"

그런데 분위기가 영 싸하다. '쟤는 뭐야?'라는 시선으로 나를 바라보았다. 정자 앞에 선 내가 너무나 어색해졌다. 소심해지는 마음을 추스르며 "맛있게 드세요"라 인사하고 돌아서는 내 얼굴이 부끄러움에 경직되고 있었다.

나는 굳이 밥을 얻어먹고자 한 것은 아니었다. 그저 여행길에 만나는 사람들과 열린 마음으로 이야기를 나누고 먹을 것도 나눠 먹는 그 정도의 소소한 소통을 바랐던 것이다. 그러나 내 의도가 어떠했든 간에 내가 내민 손이 거부당했다는 마음이 좋지는 않았다. 금오산을 걸으며 정자 앞에서 일어났던 상황이 자꾸 곱씹어졌다.

길을 걸으며 생각해보았다. 자신에게 손해가 될 것으로 생각

되면 사람들의 마음은 닫힌다. 그 손해가 아무리 작은 것이라도 마음을 닫게 한다. 저 할머니들이 나쁜 분들은 아니다. 그리고 밥 한 술 나누지 못할 정도로 각박한 분들도 아니다. 문제는 내가 다가가는 방법에 있었던 것이다. 누군가에게 작은 것이라도 받으려는 생각으로 다가가는 것은 마음을 닫게 만든다. 내가 서툴렀다.

금오산에서의 이 작은 사건은 여행 초반에 아주 중요한 가르침이 되었다. 그리고 깨달았다.
'작은 것이라도 먼저 주는 사람이 되자.'
'여행에서 만나는 모든 분들에게 도움이 되는 사람으로 다가가자.'
'남들에게 손해를 끼치는 여행은 하지 말자.'
'다른 사람에게 불쾌감을 주는 여행은 하지 말자.'
여행을 마치는 날까지 이것을 내 여행의 원칙으로 삼기로 했다.

영주 무섬마을을 걸을 때, 아이스크림을 사서 우연히 만난 분과 나눠 먹은 적이 있다. 그는 영양에 사는 분으로 영주를 여행 중이었다. 이 아이스크림이 인연이 되었다.
영양은 공기도 좋고 풍광도 놀라웠다. 인구는 2만이 채 안 되고 실제 인구는 일만 육천 정도로 본다. 인구 일만 육천으로는 도시처럼 원활한 버스 노선과 배차가 불가능하다. 영양은 대중교통으로 여행하기엔 힘겨운 곳이었다. 다행히 아이스크림으로 인연이 된 오 선생님이 영양에 살고 있었다. 그의 도움으로 어렵지 않게 영양을 여행할 수 있었다. 오 선생님은 그 아이스크림이 쥐약인 줄 모르고 먹었다며 농담을 했지만, 나를 도와주는 것을 즐거워했다. 금오산 정자에서 했던 것과 정반대로 다가가 본 것이다. 작은 것이라도 먼저 주는 것에 큰 힘이 있다는 것을 느꼈다.

임실에서 섬진강 시인으로 알려진 김용택 시인의 생가를 들른 후 구담마을을 향해 걸어갈 때였다. 구멍가게 앞에서 할아버지 한 분이 그늘진 평상에 앉아 가게를 지키고 있었다. 아직 오월인데도 날이 너무 더웠다. 아이스크림을 하나 사 먹기로 하고 구멍가게에 들어섰다. 나는 단팥 아이스크림 두 개를 사 가지고 나와 평상에 앉으며 할아버지와 나눠 먹었다. 할아버지는 당신이 파는 아이스크림을 받아먹는 것을 어색해하면서도 마음이 즐거우신지 여러 이야기를 해주셨다.

섬진강이라는 이름의 섬은 두꺼비를 뜻한다. 옛날에 섬진강 하구에 왜구가 침입하였었다. 그때 수십만 마리의 두꺼비가 나타나 울부짖어, 왜구가 도망갔다. 그때부터 이 강을 두꺼비 섬자를 붙여 섬진강이라 부르게 되었다고 알려주셨다. 그리고 요즘 비가 오지 않아 애로가 많다고도 하셨다. 맑고 깨끗하던 섬진강물도 덥고 비가 오지 않으니 녹조가 끼어가고 있다고.

가게 마당에 선 앵두나무에는 아이스크림보다 더 맛있어 보이는 빠알간 앵두가 다닥다닥 달려 있다. 이야기를 나누며 마음이 후덕해진 할아버지는 앵두를 마음 놓고 실컷 따 먹으라고 하셨다. 군침만 흘리고 있던 차에 할아버지의 허락을 받고는 앵두나무로 다가섰다. 영롱한 선홍 빛깔, 통통하게 물이 올라 터질 듯한 과육. 입안에서 터지며 스며드는 달콤함과 싱그러움. 완전 행복한 앵두와의 만남이었다. 양손에는 앵두를 가득 들고 마음에는 감사를 살포시 안고 일어나 다시 길을 걸었다. 발걸음마다 즐거운 미소가 사뿐사뿐 피어났다. 작으나마 내가 먼저 줄 때 여행은 행복을 향해 열려간다는 것을 다시 한번 느꼈다.

행복한 여행으로 이끄는 또 하나의 비결은, 공감하는 것이다.
모든 사람에게는 그 사람만의 고유한 삶이 있다. 유명한 사람이건 평범한 사람이건 모두 다 자기를 중심으로 삶을 펼치고, 그 속에서 열심히 만들어온 무엇인가를 가지고 있다. 너무 당연하면서도 신비스러웠다. 오천만 대한민국 사람들이, 75억 지구인들이 다 자신의 삶에 중심이니 이 지구상에는 75억 개의 동심원이 서로 어우러지며 살아가고 있는 것이다. 예쁜 옷을 입고 카페를 지키고 있는 여인에게도 자신이 공들여 만들어온 삶이 있다. 편의점에 앉아 돋보기를 쓰고 신문을 읽고 있는 노년의 아저씨에게도, 허름한 옷을 입고 좌판에 앉아 있는 아주머니에게도 아주 진한 삶이 있었다. 그 삶을 자세히 들여다보면 모두 존경스러운 면이 있다. 그 삶에 귀 기울이고 가슴으로 들어주자 만나는 모두와 가까워질 수 있었다.

전주에서 만난 대나무 선생님의 삶은 한 편의 드라마였다. 장수 시골 마을에서 태어나 학교라고는 초등학교 5년만 다녔다. 이십 리나 가야 하는 학교라 그 5년도 비가 와 못 가고, 눈이 내려 못 갔다. 절반 정도 다닌 것 같다고 했다. 배운 것이 없으니 길거리서 잔심부름하며 되는 대로 힘들게 살았다. 부채를 만드는 것은 먹고 살기 위해 시작한 것이었다. 누가 가르쳐주는 사람도 없었다. 눈동냥으로 배우고, 스스로 터득해갔다. 그렇게 시작한 태극선 부채를 만드는 일에서 무형문화재로 인정받았다. 그 분야의 최고점에 우뚝 섰을 뿐만 아니라 경제적인 성공까지 이룰 수 있었다.

대나무 선생님은 공부는 많이 못 했지만 삶을 살아가는 가치관은 아주 뚜렷했다. '왜 공부를 하느냐? 사람 노릇 하며 살기 위해서 공부하는 것이다.' 또 '왜 돈을 버느냐? 필요할 때 쓰기 위해서 버는 것'이라고 했다. 쌓아 놓기 위해서 버는 것이 아니니까 돈은 필요할 때 쓸 줄 알아야 한다고.

선생님은 그동안 사재를 들여 많은 유물을 수집하였다. 가난하게 살았지만 소중한 것을 위해 돈을 썼다. 유물들이 마치 박물관에 와 있는 듯 여기저기 가득했다. 지금은 그동안 수집한 유물들 속에 담긴 소중한 이야기들을 전할 방법을 찾고 있었다. 태극선 작업실에 걸린 액자에는 '태극선은 나의 영혼'이란 손수 쓴 글이 걸려 있다. 태극선 하나를 만들더라도 모든 영혼을 다 담아 만들겠다는 선생님의 각오를 담은 글이다.

나는 선생님의 삶에 귀 기울여 들으며 많은 것을 배웠다. 나도 내가 걷는 이 발걸음에 나의 영혼을 다 담은 걸음이기를 다짐하였다.

공감은 상대방을 좀 더 이해하고자 하는 마음이다. 상대방의 이야기를 공감하며 들어주며 당신과 친구가 되고 싶다는 나의 진심을 보여줄 수 있다. 첫 대면의 어색함을 줄여주고 친밀감을 높일 수 있는 가장 좋은 방법이었다. 여행하며 공감하는 마음으로 다가간 덕분에 나는 전국에서 수많은 고마움을 만날 수 있었다.

경험이 풍부할수록 공감 능력은 무한대로 발달할 수 있다고 한다. 나는 요즘 새로운 사람을 만나면 당신의 고향이 어디냐고 물으며 이야기를 시작한다. 나는 우리나라에서 태어난 모든 사람의 고향에 가본 사람이다. 고향에 대한 말로 대화를 시작하면 우리는 함께 그 사람의 어린 시절 그곳을 한참 뛰어다닌다. 그리고 우리는 어느새 마음을 열고 같은 고향을 가진 친구처럼 살가워진다.

'어떻게 그렇게 전국에서 긴 시간 행복하게 사람들을 만나며 다닐 수 있느냐?'고 묻는 분들이 있다. 비결은 아주 간단했다. 조금이라도 먼저 주는 마음으로 사람을 만나고, 그 사람의 고유한 모습에 공감하는 것이다. 그러면 모든 만남의 순간은 활짝 아름다운 꽃으로 피어난다. 정현종 시인이 모든 순간이 꽃봉오리였다고 말했던 것처럼 말이다.

만 원을 주고 커다란 노란색 튜브를 빌렸다.
튜브 손잡이를 잡고 바다를 향해 걸어 나가는
두 아줌마. 결코 아줌마가 아니다.
바다를 즐기러 온 아름다운 두 청춘이다.

아뿔싸!

여행하며 가장 소리를 많이 지른 날이다. 한 달 동안 함께 여행하려고 온 명희 씨와 어린아이처럼 바다를 즐겼다. 얼마나 소리를 지르며 신이 났는지 목이 다 쉬어버렸다. 내 목소리에 내가 놀랄 정도로 말할 때마다 걸쭉하고 이상한 소리가 났다.

오늘의 일정은 대천항 여객선 터미널에서 배를 타고 원산도로 들어가는 것이었다. 그런데 배가 뜨지 않는다고 했다. 제주도를 향하여 북상하고 있는 태풍 난마돌이 우리의 일정에 영향을 주고 있었다. 11시 30분까지 뱃길이 열리기를 기다렸으나 배는 출항하지 못했다. 할 수 없이 원산도에 예약한 펜션을 취소했다. 일정을 변경하여 대천해수욕장에서 하루를 보내기로 했다.

조금 삐거덕거리는 하루가 열리고 있다. 명희 씨는 어제 머물렀던 숙소에 휴대폰을 두고 와 돌아가서 가져와야 했다. 배도 뜨지 않고 말이다.

그렇다고 우리가 즐겁지 않을 이유는 하나도 없다. 둘이라는 것은 사소한 일도 깔깔거리며 웃게 만드는 힘이 있다. 그렇게 함께 웃으며 여행하노라면, 어떤 난관도 즐거움으로 변하고 만다.

명희 씨가 휴대폰을 가지러 보령 시내로 간 사이, 나는 추억에 젖은 여인이 되었다. 홀로 대천해수욕장 백사장을 거닐었다. 대천해수욕장은 나에게 아주 익숙한 곳이다. 대학 시절 활동했던 영어회화 써클(내가 학교에 다니던 80년대엔 동아리를 써클이라 불렀다)은 여름마다 이곳으로 친목 도모 수련회를 왔다. 생각해 보면 처음으로(줄을 지어 따라다닌 설악산 수학여행을 빼고) 온 여행이었다. 포천에서 자란 시골 아가씨가 해수욕이라는 것을 해 보았다. 수영복도 없이 옷을 입은 채 바다에 들어가 그저 첨벙거렸다. 지치면 땡볕이 내리쬐는 해변에서 모래 그림을 그렸다. 밤에는 바닷바람을 쐬며 노래를 불렀다. 함께 여행 왔던 선배 중에는 나의 첫사랑도 있었다. 이 바다에서 남몰래 사랑의 마음을 키웠던 것 같기도 하다. 이제는 너무 오래되어 기억도 아슴아슴한 지난날들이 스치며 지나갔다.

서해안을 생각하면 대부분 시커먼 황해 바닷물과 갯벌을 생각한다. 그러나 그것은 오해다. 대천 앞바다는 곱디고운 모래가 십 리나 쭉 이어진다. 바닷물도 모래가 섞이긴 했지만 아주 맑다.

고운 모래를 그야말로 즈려밟으며 파도가 일렁이는 해안선과 함께 걸었다. 바닷물에 씻기고 깎이어 매끈해진 조약돌을 주웠다. 평소와 다르게 머리를 풀어 헤치고 달려오는 파도를 바라보며, 보슬비가 내려 그윽해진 수평선을 바라보며 걸었다. 그 맛이 제법 괜찮았다. 추억에 젖고 상념에 젖은 해변의 여인이 된 느낌이다.

휴대폰을 찾아서 돌아온 명희 씨와 함께 다시 바다를 걸었다. 아까와는 또 다른 느낌이다. 파도가 밀어낸 갑오징어 뼈가 마치 칼 같았다. 그 모양을 보고 웃고, 갑오징어 칼싸움을 하며 또 깔깔거렸다.

여행은 우리 안에 가라앉아 있던 것들을 지금 여기로 소환해온다. 바쁜 생활 때문에 잊고 사는 것들, 어른처럼 행동하느라 감춰두었던 것들을 불러다 준다. 그러면 우리는 그때 그곳으로 돌아가 그 시절의 나로 다시금 살아보는 것이다. 때론 분위기 있게, 때론 천진난만하게.

바다에서 나와 발에 묻은 모래를 씻으려다 황당한 일이 생겼다. 충청남도에 가뭄이 심하다고 하더니 그래서일까? 발을 씻어야 하는데, 수도에 물이 나오지 않았다.

'물이 어디 없나?'

주위를 둘러보았다. 근처 광장에 내린 비가 얕게 고여 있는 것이 보였다. 그 물에라도 씻으려고 발을 담그고 비비는데.

'이 뭐꼬?'

발이 시커멓게 더 더러워졌다. 놀라 손으로 비벼보았다. 그러자 손도 지저분하게 검어졌다. 물속에 가라앉아 있었던 콜타르가 묻은 것이다. 끈적끈적하게 달라붙어, 닿는 것마다 검댕이 칠을 해대는 이 콜타르를 어찌해야 한단 말인가.

'비누로 씻으면 지워질까?'

비누로 씻어보기 위해 옆 건물 화장실에 들어갔다. 그런데 더 큰 일이 나고 말았다. 세면대까지 콜타르가 묻어 더러워졌다. 이제는 우리 발이 문제가 아니다. 남의 세면대를 이렇게 만들어 놓았으니 어떻게 해야 한단 말인가. 청소하는 분이 옆에 계시기라도 하듯 죄송하여 안절부절못하고 있는데 다행히 화장실 구석에 청소도구들이 있다. 락스를 뿌리고 솔로 문질러댔다. 있는 힘껏 문지르자 조금은 지워졌다. 다시 락스를 뿌리고 이번에는 수세미로 문질렀다.

"후유~~~!"

그제야 조금 안심이 됐다. 그런대로 콜타르의 흔적은 사라졌다. 또다시 더럽힐까 봐 발은 씻지도 못하고 세면대 청소만 하고 나왔다.

맡겨 놓았던 큰 가방을 찾아 클렌징 티슈를 꺼내어 발을 닦았다. 역시 클렌징 티슈가 강하다. 여러 번 문지르니 콜타르가 말끔하게 지워진다. 우리 집고양이 내롱이의 강한 오줌 냄새를 닦아내던 클렌징 티슈가 제대로 역할을 했다. 그런데 화장실을 나와 가방을 찾을 때까지 잠깐 신었던 양말에 또 콜타르가 시커멓게 칠해져 있다. 무주 태권도원 방문 기념으로 산 소중한 양말인데. 양말에 묻은 콜타르는 클렌징 티슈로도, 비누로도 지워지지 않았다.

명희 씨는 우리가 여행이 아니면 콜타르 범벅이 되는 경험을 어떻게 할 수 있었겠냐고 했다. 그렇다. 아무리 황당한 일도 여행이니까 있을 수 있다. 결국 그 모든 사건의 마무리는 큰 웃음으로 끝났다.

배가 출항하지 않는 것으로 결정되어 대천해수욕장에 숙소를 잡았다. 보령에 와서 놀란 것 하나는, 이곳저곳에 보령 모든 숙박업소의 가격을 붙여 놓았다는 것이다. 각 업소의 이름과 비수기, 성수기, 평일, 주말을 구분하여 모든 금액이 적혀 있다. 가격을 적은 책자도 만들어 배포하고 있었다. 보령에서는 휴가철 극성인 바가지요금이 절대로 있을 수 없다.

그런데 규정 숙박요금보다 훨씬 저렴한 가격에 방을 빌릴 수 있었다. 원산도를 가려다 못 간 아쉬운 마음을 위로하는 사장님의 배려였다. 사장님은 "이 가격은 계를 탄 거나 마찬가지"라고 생색을 냈다. 방은 작지만, 우리도 돈을 번 것만 같았다.

짐을 풀어놓고 바다로 나갔다. 본격적으로 해수욕을 즐기고 싶다. 만 원을 주고 커다란 노란색 튜브를 빌렸다. 튜브 손잡이를 잡고 바다를 향해 걸어 나가는 두 아줌마. 결코 아줌마가 아니다. 바다를 즐기러 온 아름다운 두 청춘이다. 튜브 하나 들고 노는 데도 완전 폭소의 바다였다. 튜브의 무게에 못 이겨 바다에 쓰러지며 웃고, 파도에 부딪혀 벌렁 넘어지며 웃었다. 혼자 달아나는 튜브를 잡으러 쫓아가며 웃고, 물놀이를 하며 또 웃었다. 그저 즐거워 웃기만 하였을 뿐인데 목소리가 쉬어버렸다. 여행하며 이렇게 목이 쉬도록 놀아본 것은 처음이다.

파도와 노는 것도 신나는 놀이였다. 끝도 없이 밀려오는 파도를 향해 당당하게 배를 내밀어 맞아보았다. 뒤돌아 파도를 등지고 버티어보기도 하였다. 태풍이 몰고 온 파도인지라 그 힘에 밀려 쓰러지려 했다. 그래서 이번에는 비켜서서 옆으로 파도를 맞아보았다. 훨씬 밀리지 않았다.

'아하! 달려드는 힘과 정면으로 맞닥뜨리는 것도, 뒤로 피하는 것도 답이 아니구나! 살짝 비껴가게 하는 것도 좋은 방법이겠구나!' 생각했다. 이번에는 옆으로 비켜서서 다가오는 파도를 엉덩이로 힘껏 밀쳐보았다. 파도의 힘이 훨씬 적게 느껴졌다. 오는 파도마다 다 나의 엉덩이 펀치에 산산이 부서졌다.

'그렇다면 옆으로 비켜서기만 하는 것보다 비켜서지만 당당하게 대응하는 것이 답인가?'

그런데 파도는 나의 이런저런 생각과 무관하게 한없이 계속 밀려왔다. 앞으로 맞아도 밀려오고, 뒤로 맞아도 밀려오고, 엉덩이로 튕겨도 밀려왔다. 그렇다. 파도와는 싸우는 것이 아니었다. 파도와는 싸울 게 아니라 어울려 즐기면 되는 것이었다. 파도에 부딪혀 나뒹굴어도 파도와 천진하게 놀며 맘껏 바다를 즐겼다.

해수욕을 하고 나와 옷을 갈아입고 카페를 찾아갔다. 바다에서 놀 때와 다르게 억수같이 비가 쏟아졌다. 거리를 걸으며 우산은 이미 살이 두 개나 부러졌다. 형태가 영 불쌍해졌다. 방수되는 신발을 신었지만, 다리를 타고 미끄러져 들어오는 비는 막을 수 없다. 벌써 다 젖었다. 제대로 태풍이 몰아치고 있었다. 이럴 땐 좀 쉬어가는 것도 여행의 일부이다. 카페에 앉아 명희 씨와 하루를 이야기하고 책도 읽으며 편안한 시간을 가졌다.

명희 씨는 오늘의 여행을 '아뿔싸!'로 이름 붙였다. 여객선 터미널에 왔는데 아뿔싸! 배가 출항하지 못한단다. 아뿔싸! 지난밤 숙소에 휴대폰을 두고 왔다. 발을 닦으려는데, 또 아뿔싸! 콜타르 범벅이 되었다. 비누로 씻을까 했더니, 아뿔싸! 세면대가 또 시커메지고. 그럼에도 모든 '아뿔싸!'는 즐거움으로 변하였다. 이런 것이 여행의 마력이 아닐까?

아직도 카페 창밖으로 비가 날린다. 창문을 따라 번지는 빗물을 보며 상념도 번져간다. 여러 일들이 있었던 하루를 생각하며 엷은 미소가 스쳐 가기도 하고, 스스로에게 말을 걸어보기도 한다. 마음속 내가 나에게 묻는다.

'너 행복하니?'

그래. 아주 행복해!

'네가 원하는 삶을 살고 있니?'

그럼, 매일 이렇게 행복을 만들며 사는 것이 내가 원하는 삶이야.

'지금 살아 있는 것처럼 살고 있니?'

그렇고말고. 오늘 여기 이곳에서 살아 있는 나를 느껴.

푹신한 의자에 몸을 깊이 파묻고 앉아 커피를 한 모금 마셨다. 오늘따라 커피 맛이 참 좋다.

바닷물이 갈라져 제부도는 육지와 연결되었다. '모세의 기적 길'이 열린 것이다.

왜 사서 고생을 해?

여행은 하루하루가 행복이기도 하지만 또 고생이기도 하다.

화성 제부도를 여행하고 나오는 길이었다. 바닷물이 갈라져 제부도는 육지와 연결되었다. '모세의 기적 길'이 열린 것이다. 물이 들어와 있을 동안 섬이었던 제부도에 사람들이 차를 타고 들어오고 있다. 나는 이제 제부도를 나가야 할 시간이다. 세차게 퍼붓던 비는 약해져 빗줄기가 가늘가늘하다. 걷기에 불편하지 않아서 '모세의 기적 길'을 걸어서 나가기로 했다. 바닷물이 나가며 생기는 이 길을 사람들은 모세가 홍해 바다를 갈라 만든 길에 비유해 그렇게 부른다. 찻길 옆으로 따로 마련된 인도를 따라 걸어갔다. 보슬비이지만 아직 비가 내리고 있고 바닷바람까지 불었다. 걷기가 그리 쉽지는 않았다. 바다에 잠겼다 나왔다 하며 물이끼가 끼어 있어 조심하지 않으면 미끄러질 것만 같은 길이다. 옆으로 달려가는 차들이 이 날씨에 투사처럼 홀로 걸어가고 있는 나를 유심히 보는 눈치이다. 이 상황에 미끄러지기라도 한다면 완전 이미지 추락이다. 한 편의 희극을 만들고 싶지는 않았다. 더욱 조심조심 미끄러지는 발걸음을 단속하며 걸었다. 보슬비에 옷은 시나브로 젖어갔다. 새로 산 신발도 어느새 질척이고 있다. 금방 건널 줄 알았던 바닷길은 막상 걸으니 가도 가도 끝이 없는 길이었다. 버스를 타고 나갈 수도 있었는데 걷기를 선택했다. 덕분에 홀딱 젖은 생쥐 꼴이 되어 생고생을 하고 있다.

그런데 이상한 것은 홀딱 젖어 미끄러운 이 길을 걷는 것이 고생스럽기보다 오히려 활기차게 다가온다는 것이다. 힘이 넘쳐 지구 끝까지 걸어갈 수 있을 것 같은 기분마저 들었다. 모세처럼 기적을 행한 것도 아닌데, 이 길고 긴 길을 걸어서 건너는 것 자체로도 기적을 만들고 있다는 자랑스러움이 내 가슴 안에서 피어났다.

화천에서 자전거를 타고 달렸던 북한강 길도 고생스럽기로는 만만치 않았다. 자전거를 탈 줄은 알지만 낯선 곳에서 자전거를 탄다는 것이 조금은 겁이 났다. 걸어보자고 길을 나섰다. 워낙 겁이 많기도 하지만 어렸을 때 있었던 자전거 사고가 자전거를 두렵게 했다. 자전거에 대한 공포를 없애는 것은 자전거를 타는 것이라는 생각에 한동안 산악자전거를 타기도 했었다. 그래도 아직 무의식 속에 내재된 두려움이 있는 것을 느낀다.

처음 길을 걸을 때는 강가에 있는 예쁜 조각상을 감상하며 즐거웠다. 그런데 때는 8월이다. 쨍쨍 내리쬐는 햇빛 속을 걷는 것이 힘겨워졌다. 한 시간밖에 걷지 않았는데, 그늘 하나 없는 길이 뜨겁고 목도 마르니 재미가 없어졌다. 바로 그때 저기서 시내버스가 달려오기에, 막 힘을 내 달려가 올라탔다. 그리고 다시 원점으로 돌아가 자전거를 빌렸다. 사실 조금은 면이 안 서기는 했다. 자전거 대여소에서 물어볼 것 다 물어보고는 당당히 걷겠다고 말하고 출발했었다. 그런데 다시 돌아가 자전거를 빌려야 했으니 말이다.

자전거를 빌리는데 가격이 정말 저렴했다. 만 원에 아침 9시부터 오후 5시까지 빌려준다. 그리고 다시 5천 원은 화천사랑 상품권으로 돌려준단다. 결국 5천 원에 온종일 빌린 것이다. 조금 두렵기는 하지만 역시 자전거를 타기 잘했다. 땡볕이 하나도 덥지 않고, 바람이 없어도 자전거가 달리며 바람을 만들어냈다. 북한강 길은 걷는 것보다 자전거를 타고 쌩쌩 달려야 제맛이 나는 길이었다. 자전거는 옳은 선택이었다.

즐거운 노래가 흘러나오는 붕어섬을 지났다. 커다란 보석 반지 다리도 지났다. 한성백제 유적 터도 지났다. 풍성하고 예쁜 북한강이 나를 반겨 맞아준다. 하얀 어리연꽃이 조그만 연잎들 사이로 삐죽삐죽 고개를 내밀었다. 백로와 흰뺨검둥오리들이 한가로이 앉아 있다. 잠깐 그늘에 앉아 쉬고 있으려니, 물속에서 첨벙이는 아주 큰 물고기 소리가 들렸다. 사람만 한 물고기가 살고 있나 보다. 그렇게 동구래마을을 지나 서오지리 연꽃단지까지 가서 활짝 핀 수련, 그리고 커다란 연잎 사이에 솟아난 연밥을 보았다. 여기가 서쪽으로 가는 끝 지점이다. 이제 자전거를 돌려 반대 방향으로 다시 달렸다.

화천교를 지나 은행나무 길을 달리고 화천수력발전소를 지나 유명한 꺼먹다리를 보았다. 꺼먹다리는 전쟁 영화에 많이 출연하여 이름이 난 스타 다리이다. 정말 이름처럼 다리가 시커먼 색을 입고 있다. 1945년 철골과 콘크리트로 축조된 국내 최초의 콘크리트 다리라 현대 교량사 연구에서도 아주 중요한 다리라고 한다. 다리 상판 목재의 부패를 막기 위해 콜타르를 먹여서 꺼먹꺼먹한 색의 꺼먹다리가 되었다.

꺼먹다리를 보는데 목이 말라왔다. 마실 건 없고 매점은 보이지 않았다. 그래서 딴산유원지까지 달려가 거기서 시원하게 음료 한 잔 마시고 돌아오자고 마음먹었다. 목마름을 참고 딴산을 향해 달려갔다.

딴산은 주위와 어울리지 않게 따로 놀아서 딴산일까? 주위는 숲이 잔잔한데 느닷없이 거대한 바위가 일어나 벼랑을 이루었다. 마주 보는 곳에 솟은 바위도 山 모양으로 솟아 소나무가 자라며 멋진 경치를 만들고 있었다. 그런데 딴산유원지 물가에서 놀고 있는 사람은 있어도 매점은 닫혀 있었다. 목이 많이 타는데. 그때 아마 딴생각을 한 것 같다.

'매점이 나타나면 이온 음료를 마실까? 물을 마셔야 할까?'

'등에 멘 가방 한쪽 끈이 너무 길다.'

그런데 어느 순간 자전거가 쓰러지고 있었다. 손이 바닥에 쫘악 밀리고, 무릎이 쫘악 쓸리고. 그렇게 자전거와 넘어지고 말았다. 경사지도 아니고 위험한 길도 아니고 가장 평탄한 길에서. 잠시 딴생각한 대가가 너무 가혹했다. 잠시 후 무릎과 손바닥에서 통증이 밀려왔다. 쓰리고 아팠다. 딴산 앞에서 물도 못 마시고 딴생각하다 넘어지다니.

그래도 아무 일 없는 듯 자전거를 일으켜 올라타고 달렸다. 그런데 좀 이상하다는 생각이 들었다. 자세히 보니 뒤집힌 핸들을 잡고 자전거를 타고 있었다. 이렇게 핸들이 뒤집혀도 자전거가 달린다는 것을 알았다. 묘기 대행진을 하고 있다.

핸들을 돌려 자전거를 바로 하고 다시 달리는데 푸르죽죽 길게 놓인 저것은?

"꺄~악! 뱀이다!"

갑자기 길에 나타난 뱀에 나도 놀라고 뱀도 놀라 서로 허둥지둥했다. 뱀에게 물릴까 봐 다리를 들고, 소리를 지르면서도 핸들을 틀며 뱀을 피한다고 피했다. 순식간의 일이라 뱀을 타고 넘었는지, 비켜 왔는지 잘 파악이 되지 않았다. 돌아가는 길이 만만치 않았다.

그런데 수난은 여기서 끝이 아니었다. 그렇게 넘어지고 놀라며 화천수력발전소 앞까지 돌아왔다. 매점에 들어가 이온 음료를 한 병 다 들이켰다. 목도 축이고 화장실에서 볼일도 보았다. 얼굴이 더는 타지 않게 스카프로 칭칭 감싸고, 모자를 쓰고, 그위에 다시 안전모를 쓰고 출발하려는 순간이었다. 벤치에 앉아있던 관광버스 기사님이 한마디 했다.

"바람 다 빠진 자전거를 어떻게 타려 그래요?"

'아니? 이 또 무슨 일?'

자전거에 체인도 빠져 있고, 뒷바퀴에 바람도 나가서 후줄근했다. 그냥 잠시 쉬고 왔는데 무슨 일이지? 여기서 자전거대여소까지 얘를 끌고 걸어가야 하나? 난감하여 한숨이 나왔다. 대여소에 전화해도 받지 않았다.

그래도 나에게 행운은 남아 있었다. 관광버스 기사님이 체인을 채워주었다. 한 시간 기다리면 화천 시내로 관광버스가 움직인다고 태워다주겠다고 했다. '하늘이 돕는다'는 것은 이런 것을 두고 하는 말이었다. 아무도 없는 곳에서 이런 일이 벌어졌으면 고생고생 끌고 온종일 걸어가야 할 판이었다. 그나마 이 얼마나 천행인가. 오늘 나에게 귀인이 나타날 운세임이 틀림없다. 귀인은 분명 기사님이고.

기사님은 대전에서 중학교 여자축구선수단을 태우고 화천에 왔다고 한다. 화천에서는 지금 여자축구 연맹전이 열리고 있다. 전국 여자축구선수들이 화천에 다 와 있다. 마침 대전에서 온 선수들의 숙소가 매점 근처라 도움을 받게 된 것이었다. 덕분에 화천까지 무사히 자전거를 모시고 와 돌려주었다. 기사님은 나의 몰골이 밥도 못 먹고 다니는 불쌍한 사람으로 생각되는지 밥은 먹었느냐며 여러 번 물었다. 시내에서 내려주며 떡까지 한 통 챙겨주었다. 고마운 마음에 대전 여자축구선수단이 꼭 우승하라는 기원이 저절로 일어났다. 사서 하는 고생이 파란만장한 날이었다.

두려운 자전거를 타며 사고도 겪고, 뜻밖의 일도 생기고 고생스러웠지만 뒤돌아보면 해피엔딩이었다. 아무리 난감해 보이는 일도 다 해결 방법이 있었다. 그 어디에나 도와주는 손길이 있음을 알게 했다. 고생이기보다 특별한 경험이었다.

집 떠나면 고생이라는 말이 있다. 그 말처럼 여행이 고생스러울 때도 있다. 하지만 여행 중에 집 떠나서 하는 고생을 어찌 고생이라 부를 수 있겠는가. 여행 중에 하는 고생은 삶에서 언제 만날지 모를 고난에 대비하는 예방접종 정도라 할 수 있을 것이다.

산티아고 순례길을 걸을 때의 일이다. 그날은 온종일 비가 내렸다. 어찌 된 영문인지 비를 피할 카페조차 나오지 않았다. 그래서 비를 맞으며 길에 서서 점심을 먹었다. 걷다가 다리가 아프면 우비를 입은 채 나뭇등걸에 기대어 쉬어야 했다. 계속 내리는 비에 신발도, 우비 속 옷도, 등에 멘 가방도 다 젖었다. 그 상태로 숙소가 나타날 때까지 이십여 킬로를 걸어야 했다. 걸으며 생각했다.

'이런 날도 있구나. 우리 인생길도 이러할 것이다. 짐을 진 채 내리는 비를 고스란히 맞으며 수십 킬로를 걸어야 할 날도 올 것이다. 궂은 날씨를 탓하는 건 아무 의미가 없다. 투정은 그 무엇도 변화시킬 수 없다. 오직 우리가 할 일은 그저 한 발 한 발 걸어가는 것이다. 우리가 갈 곳을 향해서.'

힘들 때마다 비가 내리던 그 길을 생각했다. 그러면서 꿋꿋하게 고된 그날을 살아낼 수 있었다.

고성에서 만나 친구가 된 이가 물었다.

"왜 사서 고생을 해?"

그 친구를 다시 만나면 이렇게 이야기해주고 싶다. 사서 하는 고생은 고생이 아니라고. 배추김치의 양념 같은 것이라고.

담백한 배추를 더욱더 맛깔스럽게 해주는 것은 고춧가루, 소금, 생강, 파, 마늘, 젓갈같이 맵고 짜고 아린 것들이다. 이것들은 하나같이 그 자체로는 절대 먹을 수 없다. 이들이 함께 배추에 버무려져야 하고 적당한 숙성 기간을 거쳐야 맛있는 배추김치가 된다.

사서 하는 고생은 여행의 맛을 더해주고 가슴을 숙성시켜주는 양념이었다.

그 / 림 / 일 / 기

'몇 번을 기웠을까?' 도대체 그 수가 헤아려지지 않는
만공스님의 겉옷이 있다. 수많은 자잘한 천들을
사방팔방으로 덧대어 꿰맨 두루마기였다. 그런데
이상하게도 그 너덜너덜함 속에서 빈한함이 느껴지지
않았다. 누구보다 넉넉한 여유로움이 느껴졌다. 다
받아들이는 마음과 모든 것을 귀하게 여기는 마음이
전해지고, 낮게 임하는 마음이 보였다.

마음 부자를 만나다

역시 인천 소래포구는 활기가 가득한 포구였다. 방금 잡은 꽃게가 소란스럽게 경매되고 있다. 새우와 함께 잡혀 온 살아 있는 물고기들이 싱싱한 가격으로 팔려나가고 있다. 바구니 가득 배를 가른 물메기가 다섯 마리에 만 원이다. 그냥 지나쳐가자 한 마리 더 얹어주겠다며 호객을 했다. 와! 여섯 마리에 만 원! 놀라운 가격이다. 수북하게 쌓아 놓은 새우젓과 젓갈 통들이 줄줄이 이어졌다. 각종 조개, 노릇노릇 구운 생선, 고소하게 튀긴 새우들이 가득 쌓여 있다. 횟감을 고르는 사람들과 구경하며 지나가는 무리가 섞여 통로는 매우 혼잡했다. 그 틈새에 끼어 두리번거리며 돌아다녔다. 삶이 활어처럼 살아서 파닥거리고 있는 소래포구였다

소래포구는 그리 오랜 역사를 가진 포구는 아니다. 1934년 소래 염전이 들어서고, 1937년 국내 유일의 협궤열차 수인선이 개통되며 만들어진 포구이다. 일제강점기에 소금을 수송하기 위한 나룻배 한 척이 소래포구에 배를 댔다. 그것이 소래포구 역사의 시작이었다. 1960년에 17명이 최초로 어업을 시작하였다. 1980년대 언론의 주목을 받으며 활기찬 포구로 발전하였

고, 현재는 한 해 평균 삼백만 명의 인파가 몰려드는 곳이 되었
다. 해마다 포천에 사는 엄마도 아들을 앞세우고 새우젓 사러
찾아오시니 그 명성을 알 만하다.

횟감과 꽃게, 생선이 가득한 소래포구이지만 혼자 들어가 먹
기에 마땅한 곳은 없었다. 겨우 길거리에서 꽃게가 스치고 간
어묵 하나를 먹으며 급한 요기를 하였다. 그리고 소래역사관을
보고 나왔다. 점심을 먹기 위해 역사관 앞 벤치에 앉았다. 찬바
람이 일기도 하지만 햇살이 그만그만했다. 견과를 넣은 요구르
트와 고구마 하나 그리고 바게트 몇 조각을 가방에서 꺼냈다.
혼자 벤치에 앉아 햇살을 받으며 점심을 먹었다. 지나가는 사
람들이 노숙자를 바라보는 시선과 흡사한 눈빛으로 나를 바라
보았다. 아마 내 모습이 초라해 보였나 보다. 그 눈빛에 아랑곳
하지 않고 꼭꼭 씹어 먹었다. 식당마다 시끌벅적 회를 먹는다,
대게를 먹는다고 하며 사람들이 몰려 들어가고 있다. 그들을
바라보며 문득 초라하지만, 결코 초라하지 않았던 분들이 생각
났다.

여행하며 마음이 부자이기에 겉모습에 아랑곳하지 않는 많
은 분을 만났다. 함양에서 만난 분은 길을 쓸고 있어서 청소부
인 줄 알았다. 그런데 지리산 둘레길 옆에 차와 정수기를 갖다
놓고 무료 길거리카페를 운영하는 분이었다. '진짜 복은 받는
것이 아니라 주는 것'이라 말하며 몇 년째 손수 주는 복을 실천

하고 있었다. 음성 꽃동네 최귀동 할아버지는 거지이면서도 음식을 얻어다 동냥도 못 하는 아픈 걸인들을 먹여 살렸다고 했다. 어느 부자도 하지 못하는 일을 하신 분들이다. 겉모습에 연연해하지 않고 자기보다 남을 먼저 챙기는 이분들이야말로 진정한 부자가 아닐까? 삶을 자신의 신념으로 채워가며 남을 의식하지 않는 것. 이것이 진정한 부자인 마음 부자가 되는 길이라 생각하게 되었다. 여행하며 나를 내려놓는다는 것과 진정으로 비운다는 것을 가슴에 담았다. 겉으로 보이는 것은 그리 중요한 것이 아니라는 걸 배우는 시간이었다.

예천 수덕사 성보박물관에는 '몇 번을 기웠을까?' 도대체 그 수가 헤아려지지 않는 만공스님의 겉옷이 있다. 수많은 자잘한 천들을 사방팔방으로 덧대어 꿰맨 두루마기였다. 그런데 이상하게도 그 너덜너덜함 속에서 빈한함이 느껴지지 않았다. 누구보다 넉넉한 여유로움이 느껴졌다. 다 받아들이는 마음과 모든 것을 귀하게 여기는 마음이 전해지고, 낮게 임하는 마음이 보였다. 그 어떤 예술품보다도 고매하고, 그 어떤 예술품보다도 깊은 울림으로 다가왔다. 깊은 감동이 밀려와 그 옷을 쉽게 떠날 수 없었다. 그래서 관리하는 분께 사알짝 사진 한 번만 찍게 해달라고 부탁하였다. 다행히 '사알짝'이라는 전제하에 사진 찍는 것을 허락받았다. 사진에 담긴 만공스님의 옷을 보니 꼭 만공스님의 옷이 나에게 온 듯했다. 낡아지고, 누레지고, 누덕누덕 기워진 만공스님의 옷이 나에게 왔다. 잘 간직하며 만공스님의 마음을 오래 기억하리라 다짐했다.

또 다른 마음 부자를 안동에서 만났다. 안동 동화마을에는 권정생 선생님이 남긴 육필 원고와 책들, 그리고 사시던 집의 모습, 마지막 남긴 유언장 들이 전시되어 있었다. 선생님은 인기 동화 작가였다. 〈강아지 똥〉, 〈몽실 언니〉, 〈사과나무밭 달님〉, 〈밥데기 죽데기〉 같은 많은 동화책을 썼다. 그런데 선생님은 책에서 나온 인세를 본인을 위해 쓰지 않았다. 이 땅의 행복하지 못한 아이들을 행복하게 만드는 일에 쓰이기를 바랐다. 자신은 검소하다 못해 비루한 삶을 택했다. 비닐 부대를 잘라 접고 거기에 나무막대기를 잡아맨 부채에서 선생님의 소박한 삶을 볼 수 있었다.

선생님의 삶은 고통의 연속이었다. 해방 전 도쿄의 빈민가에서 태어나, 광복이 되어 고국에 돌아왔으나 가난하여 부모님과 함께 살 수 없었다. 비렁뱅이처럼 떠돌다 결핵과 늑막염까지 앓게 됐다. 이 병은 낫지 않고 평생을 따라다녔다. 선생님은 고통과 함께 살아가야만 했다. 결국 참기 힘든 고통 중에 피고름을 쏟으며 돌아가셨다. 너무나 아픈 삶이었다. 돌아가시며 책의 인세와 모든 것을 아이들을 위해, 북한의 배고픈 아이들을 위해 쓰기 바란다고 유서를 남겼다. 비록 비닐 부대를 잘라 접은 부채를 부친다 하여 선생님은 가난한 사람이 아니었다. 자신의 모든 것을 내어주는 큰 마음 부자였다.

위의 분들과 나를 비교할 수는 없지만, 겉모습이 판단기준이 아니라는 것만은 확실하다. 정말 중요한 것은 자신이 무엇을 바라보고 어디를 지향해 가는가이다. 비록 길거리를 가득 채운 식당에 들어가 대게를 먹는 것도 아니고, 회를 한 접시 먹는 것도 아닌, 찬바람 속에서 딱딱하고 차가운 점심을 먹고 있지만 나는 결코 초라하지 않다.

최귀동 할아버지, 만공스님, 권정생 선생님이 내 마음에 다녀가며 나는 부지런히 내 삶의 영점조정을 하였다. 내가 바라볼 곳, 내 눈에 담아갈 것이 무엇인지에 대해 더욱 분명해지는 시간이었다. 우리나라 곳곳에 살아 있는 수많은 아름다움을 만난 여행자는 그렇게 마음 부자를 향해 한 발을 내디디고 있었다.

그 / 림 / 일 / 기

다음 날 다시 찾아갔다. 그러나 간월암은 쉽게 만남을
허락하지 않았다. 어제는 내 발길 바로 앞에서 문을
닫더니, 오늘은 바닷물이 길을 가로막고 있다. 출렁출렁
넘실넘실 나를 거부하고 있다.

바다를 뚫고 걷는 길

오전에는 서산의 북쪽 끝인 황금산을 다녀왔다, 오후에는 남쪽 끝인 간월암을 찾아갔다. 서산을 북분남주했다. 북으로 가며 성연면, 지곡면, 대산읍을 만났다. 남으로 내려오며 인지면과 부석면을 지나 간월리에 도착했다. 인지면과 부석면에는 넓은 생강밭과 생강 전과를 만드는 공장들이 많았다. 간월리에서는 어리굴젓을 많이 팔고 있다. 꽃게장과 영양굴밥을 파는 식당들도 많이 보인다. 생강과 생강 전과, 그리고 어리굴젓과 꽃게장이 서산의 특산품이다.

간월암이 있는 간월리에서 잠을 자기로 했다. 펜션에 짐을 내려놓고 바다를 보러 나갔다. 조금씩 물이 들어오고 있다. 그래도 아직은 해안에 나가 바다를 느껴도 될 정도의 시간은 있었다.

황금산의 바다는 색깔 고운 조약돌이 다 비치는 맑은 물이었다. 간월리의 바다는 갯벌이 있어 탁한 진흙물이다. 해수욕을 하기는 어려운 바다이지만 바다 생물들을 만나는 즐거움이 있지 않은가. 내 발자국 소리에 놀라 저 앞에서 자기 집으로 곤두박질쳐 들어가는 작은 게들이 귀여웠다. 갯벌 사이 만들어진 웅덩이는 소란한 세상이었다. 커다란 조개 집을 이고 다니는 집게들과 손톱보다도 작은 엽낭게들이 물속을 아주 바삐 돌아다니고 있다. 사람들이 사는 것과 별반 다르지 않은 모습이다. 자기들이 생각하기엔 무엇보다 소중한 일을 하느라 동분서주하는 것일 거다. 작은 세상에서 바쁘게 움직이는 바다생물들을 바라보는 것이 너무나 재미있어 시간 가는 줄 모르고 주저앉아 있었다.

간월리는 천수만 내에 있는 작은 섬이었다. 1983년 10월 천수만 간척 사업으로 인근에 있는 창리와 이어져 이제는 육지가 되었다. 세 아낙네가 갯벌에서 굴을 캐고 있는 모습을 담은 어리굴젓 기념탑이 서 있다. 옛날부터 간월리는 어리굴젓이 유명한 곳이었다. 이곳 굴은 자라는 과정이 일반 굴과 다르다. 어릴 때 돌과 바위 등에 붙어 석화로 자라는 것은 일반 굴과 같다. 그런데 완전히 자란 후에는 바위에서 떨어져 나와 갯벌에서 사는 토굴로 변한다. 이 토굴을 주워 굴젓을 담근다. 굴 알에 미세한 털이 많이 돋아 있기 때문에 양념이 골고루 묻는다. 그래서 발효가 잘된다고 한다. 간월리 어리굴젓이 맛있다고 이름이 난 이유가 여기에 있었다.

간월리 끝에는 물이 들어오면 섬이 되고, 물이 나가면 육지와 연결되는 간월암이 있다. 나무가 만들고 있는 작은 숲 사이로 간월암이 보였다. 아직 물이 차지 않아 간월암으로 가는 길이 보였다.

'얼른 다녀와야지!' 하며 간월암으로 들어서려는데, 바로 내 앞에서 간월암의 문을 닫는 것이 아닌가. 이럴 수가! 간발의 차로 입장을 할 수 없었다.

"잠깐만 들어가면 안 되나요?"

"제가 아주 멀리서 왔거든요!"

애처롭게 사정을 해도 아무 소용이 없었다. 바닷물이 차면 나가지 못할까 봐 미리 문을 닫는다는 것이다. 조금만 더 일찍 왔어도 들어갈 수 있었는데. 간월암 앞에 세워진 설명글만 안 읽었어도 들어갈 수 있었는데. 아쉬운 마음에 발걸음이 돌려지지 않았다.

하지만 문은 닫히고 말았다. 어쩌겠는가. 아무리 아쉬워도 내일 다시 와야지. 누군가의 마음을 불편스럽게 만들면서까지 무리하여 들어갈 수는 없다. 내 발길을 막는 이유를 존중하기로 했다.

설명글에 의하면 '간월(看月)'은 달을 보았다는 뜻이다. 고려 말 이곳에서 수도하던 무학대사는 하늘에 뜬 달을 보고 홀연히 도를 깨우쳤다. 그 후 암자는 간월암이라 이름을 얻게 되었다. 조선의 억불정책으로 오랫동안 폐사된 상태였다가 만공스님이 1941년 중창하여 오늘의 모습을 이루었다.

간월리는 산 좋고 물 좋은 곳이다. 산신과 해신이 만나는 명당 중 명당이다. 사람들은 지구상 최고 온화한 혈자리로 땅의 기운이 아주 좋은 곳이며 기도의 기운도 매우 강하다 했다. 만공선사는 이곳에서 조국광복 천일기도를 마치면 광복이 되리라 예언을 하였다. 그리고 광복 천일기도에 들어갔다. 기도를 마친 바로 다음 날 정말 해방이 되었다.

들어가지는 못하고 여러 이야기만 만나니, 신비로움만 자꾸 자꾸 커지는 간월암이었다.

다음 날 다시 찾아갔다. 그러나 간월암은 쉽게 만남을 허락하지 않았다. 어제는 내 발길 바로 앞에서 문을 닫더니, 오늘은 바닷물이 길을 가로막고 있다. 출렁출렁 넘실넘실 나를 거부하고 있다.

비가 내리는 이른 시간인데도 트럭 카페가 문을 열었다. 따뜻한 아메리카노를 한잔하면서 물이 갈라지고 길이 나타나기를 기다렸다. 하지만 9시 30분에 출발하는 버스를 타야만 해서 마냥 기다릴 수만은 없다. 8시 50분이 되어도 바다는 갈라지지 않았다. 이렇게 기다렸는데…….

그냥 돌아서고 싶지는 않았다. 그렇다면 바닷물을 뚫고 건너가는 수밖에! 결심을 하고 일어섰다. 바다를 건너가자! 아직 양쪽 바닷물이 마주치며 파도가 일지만 물은 꽤 많이 빠졌다. 그래도 첫발을 바다에 담그며 걱정이 일었다.

'혹시 저 가운데 물살이 세찬 것은 아닐까?'

'바다에 휩쓸리면 어떻게 하지?'

하지만 마음을 북돋웠다. 두려울 때를 위해 용기가 있는 것이다. 두렵지 않다면 용기를 낼 필요도 없다. 스스로 용기를 불러일으키며 바지를 좀 더 걷어 올렸다. 조심조심 비장하게 바다로 걸어 들어갔다.

정말 다행이었다. 물이 그다지 깊지는 않았다. 아무 일 없이 바다를 건넜다. 바다를 뚫고 걸어 간월암으로 들어갔다. 청소하고 있던 처사님이 나를 보고 웃는다.

"제가 강원도에서 왔기 때문에 꼭 보고 가야 하거든요."

쑥스러워 웃으며 한마디 해야만 했다.

신기하다. 간월암은 멀리서 보면 작은 섬이다. 그런데 들어가서 보니 흙을 하나도 밟을 수 없을 정도로 계단과 바닥이 깔끔하게 정돈되어 있었다. 이 땅끝에서 만나리라 예상치 못한 이색적인 모습이었다. 작은 섬에 가득 간월암이 앉아 있다. 마당에서 자라는 팽나무와 사철나무가 간월암과 어울려 멋진 풍경을 만들고 있었다. 간월암은 약 5분 정도면 다 돌아볼 수 있을 정도로 아주 작은 암자였다.

작은 전각 안에 들어가 앉았다. 무학대사와 만공스님 그리고 성철스님이 이곳에서 공부와 기도를 하였다. 훌륭한 인연들이 스치고 간 곳에 잠시 머물며 눈 감고 그 마음을 느껴보았다. 아주 잠깐 명상의 시간을 가진 후 버스를 놓치지 않기 위해 서둘러 돌아 나왔다. 바다 반대쪽에서 사람들이 물을 건너오고 있다. 내가 건너왔기에 안심하고 바다를 건너오는 것이다.

처음 시작하기가 어렵다. 이미 난 길을 걷는 것은 힘겹지 않다. 저분들은 아무 두려움 없이 바다를 건너고 있다. 작은 일이지만 누군가에게 선구자가 된 듯 스스로 뿌듯했다. 내가 걸어

간 걸음이 누군가에게 용기가 되고, 시도할 힘을 주었다는 것이 기뻤다.

　서산의 끝까지 찾아와 어렵게 간월암을 만났다. 막힌 바다까지 뚫고 건너가야 했다. 진정으로 원하는 마음이 있다면 장애물은 용기를 내게 하고, 방법을 찾게 한다. 여행은 나를 바다까지 뚫고 건너가라고 부추겼다. 진정으로 원하는 것을 향해 나아가기 위해서는 용기를 내라고. 그 용기가 하나둘 내 안에 쌓여가며 연금술을 부리고 있다. 내 가슴은 나도 할 수 있다는 자신감으로, 참 잘했다는 자긍심으로 가득 채워지고 있었다.

그 / 림 / 일 / 기

옷을 벗은 참나무 사이로 호수가 보였다.
물이 얼고, 녹고, 다시 얼기를 반복하며
얼기설기 얼음 그림이 그려졌다. 그대로 잘라
벽에 걸면 바로 명작의 탄생이다.

시 쓰고 그림 그리는 날들

나는 시를 좋아한다. 읽을 때마다 새로운 이야기를 전해주는 시. 시는 나를 사색하게 하고, 깊어지게 하고, 넉넉하게 한다. 여행을 하면서도 좋아하는 시를 모아놓은 메모장을 가지고 다녔다. 시를 좋아하니 한편으로 시를 쓰고 싶기도 하다. 그런데 시를 좋아하는 것과 시를 쓰는 것은 다른 일이다. 시를 쓰려면 무엇인가 가슴에서 막 솟아나야 할 것 같다. 그런데 도대체 아무것도 가슴에 일지가 않았다. 시를 쓰겠다고 생각을 하면 가슴은 더 답답해졌다. 머리도 텅 비어 돌아가지 않았다.

여행하는 동안 나는 변화되었다. 그토록 쓰고 싶었던 시를 쓰게 되었다. 아니 시를 쓰는 게 아니다. 시가 여기저기 막 떨어져 있는 느낌이다. 떨어져 있는 시를 줍기만 하면 된다. 나무를 보면 나무의 기적을 만드는 삶이 보이고, 돌을 보면 돌이 전하는 이야기가 들린다.

겨울 호수를 보러 함안 입곡유원지를 갔었다. 쌀쌀한 날씨가 만들어준 겨울 풍광이 일품이었다. 옷을 벗은 참나무 사이로 호수가 보였다. 물이 얼고, 녹고, 다시 얼기를 반복하며 얼기설기 얼음 그림이 그려졌다. 그대로 잘라 벽에 걸면 바로 명작의 탄생이다.

호숫가 잔 얼음 조각이 바람에 일렁이며 서로 부딪히자 호수의 합창이 됐다.

"사라라랑 사랑 사랑 사라라랑……."

마치 새들의 노래를 듣는 듯했다. 그리고 얼지 않은 호수에서 노니는 물새들, 호수와 맞닿은 숲과 절벽. 겨울 호수에 이런 아름다움이 숨어 있었다니! 감탄스러웠다.

겨울 호수에 사로잡혀 쉽게 자리를 뜰 수 없었다. 호수 옆 참나무 숲에 놓인 나무 의자에 누웠다. 주위를 둘러싼 참나무들이 시가 되어 내게 다가왔다. 겨울 호수를 만나며 활짝 열린 나의 감성이 온통 세상에 가득한 시를 보게 된 것일까?

겨울나무

박미희

나무가 춥다

무성하게 풍요를 만들던 잎은 말라 떨어져 이미 부서졌다.

한 겹 감싸주던 껍질도 시커멓게 갈라져 거칠다.

찬 겨울바람에

오들오들 떨고 있는

나무

애처로워

너를 안아본다.
가슴으로
가만히
가만히
가만히

아!
어디선가
가슴을 간질이는
이 미세한 떨림

언 땅을 녹이는 저 가녀린 잔뿌리의 온기
거친 피부에 생기를 전하는 수액
가난한 햇살 받으며 나날이 키워가는 겨울눈

겨울나무는
새로운
기적을 준비하고 있었다.

너처럼!

여행이라는 강에 푹 젖어 건너온 나는 이전의 내가 아니었다.
나무의 이야기를 듣게 되었고 돌들의 이야기를 듣게 되었다. 온 세상에 가득한 시들을 보게 되었다. 시인들이 읽으며 코웃음을 칠지라도 내 가슴에 가득 차오르는 이 시가 뿌듯하다.

여행은 시만 쓸 수 있게 만든 것이 아니다.

여행하며 그림과도 가까워졌다. 전국에서 예술을 하는 작가를 만나고 작품을 보았다. 화천에서는 폐교가 된 초등학교에서 그림을 그리는 작가를 만났고, 여수에서는 난생처음으로 그림을 샀다. 그동안 특별한 사람들만 그림을 사는 줄 알았다. 그림을 자주 접하면서 점점 그 매력에 빠져들었고 결국 나도 그림을 사게 된 것이다. 손바닥에 그림물감을 묻혀서 그린 그림, 시멘트로 그린 그림, 아무것도 그리지 않은 그림, 나무를 깎아내어 그린 그림, 옻칠하여 그린 그림, 미세한 펜으로 끊이지 않는 선을 그어 그린 그림, 움직이는 그림 등 다양한 그림들을 만났다. 어떤 것을 어떻게 그려야 한다는 정형화된 틀은 없었다. 꼭 멋지게 잘 그려야 하는 것도 아니었다. 작가가 표현하고픈 것을 자신만의 방법을 찾아 다양한 모습으로 담아내는 것이 그림이라는 것을 알게 됐다.

남원에서는 그림을 그리는 분을 만나 언니와 동생을 맺었다. 남원 동충동을 걸으며 주택가에 자리한 갤러리카페에 들어갔다. 마을의 작은 카페라는 느낌이 좋았다. 또 갤러리라고 하니 어떤 작품이 있는지 보고도 싶었다. 그런데 카페에 손님이라고는 나 하나뿐이라 왠지 썰렁하였다. 갤러리라는데 그림이 걸려 있는 것도 아니었다. 하지만 이곳에서 아주 특별한 시간을 보 냈다.

갤러리카페의 주인은 화가였다. 그녀는 그림을 정식으로 배 우지 않았다. 카페를 열며 색다른 실내장식을 하고 싶어 처음 으로 그림을 그리기 시작하였다. 그렇게 6개월을 그림에 빠져 그림만 그렸다. 그녀는 처음 그림을 그리면서도 작은 그림은 성에 안 차 2미터나 되는 대작들을 그렸다. 또 그림을 그리기 시작하면 한 번도 그림을 지우지 않고 그렸다. 벽을 장식할 열 두 점을 그리는 동안 한 번도 지운 일이 없고, 종이를 찢은 일 도 없다고 했다. 그녀는 그냥 어린 시절 보았던 옛 풍경을 상상 하며 마음이 가는 대로 그렸다. 완성된 그림을 타일로 만들어 벽면을 장식하였다. 타일 벽 자체가 작품이었다. 이곳은 그림을 전시한 갤러리가 아니라 '타일 작품' 갤러리였다. 그 어디서도 볼 수 없는 색다른 맛을 내고 있었다. 타일 작품에는 이야기가 있는 옛 풍속과 풍경이 담겨 있다. 귀가 아파 엄마와 함께 병원 을 갔었던 그녀 자신이 걷고 있고, 마을 앞 정자나무에 까치집 이 걸려 있다.

그녀가 그림을 그리기 시작한 지 2년이 되었다. 이제는 당당 한 화가가 되어 개인 전시회를 열고 싶다는 꿈이 생겼다. 카페 에 손님이 없는 시간을 이용하여 그림을 그리고 있었다. 손님이 많이 오기를 바라는 것보다 그림을 그릴 시간이 많이 있기를 바라는 듯했다.

내가 앉아 여행기록을 하며 카페를 봐주는 동안 그녀는 집에 들어가 그림을 그렸다. 그러다가 모여 수다를 나누고, 또 서로 자기 일을 하다가 모여 차를 마셨다. 마치 내 집처럼 편안하게 머물며 이야기를 나누다 우리는 언니와 동생으로 연을 맺었다. 언니는 검은 참깨와 검은 콩으로 만든 콩국수를 내다 주었다. 배와 토마토도 깎아 내오고, 숙소에 가서 먹으라며 바나나도 챙겨주었다. 나는 맏딸이라 언니가 없었는데 이렇게 좋은 언니가 생겼다.

언니와 헤어져 돌아오며 생각했다. 배운 사람만 그림을 그릴 수 있는 것은 아니야. 그림을 그리며 행복한 사람은 누구나 다 그림을 그릴 수 있어. 나도 한 번 그림을 그려보아야겠다. 뭔가 그릴 수 있을 것 같은 느낌이 내 안을 휘저었다.

여행을 마치고 해남에서 글을 정리하며 비로소 나도 그림을 시작했다. 내가 그림을 그리게 될 줄 몰랐다. 그림이라는 것은 나와 관계가 없는 딴 세상의 일이라고만 생각했다. 그런데 요즘 나는 그림을 그린다. 그림일기를 쓰며, 매일 그림을 그리고 있다. 낙조가 아름다운 날은 집 앞 시야 바다(해남군 화원면 매월리 앞 바다)에 펼쳐지는 일몰을 그리고, 어린 무화과 열매의 앙증맞은 모습에 감동한 날은 무화과나무를 그렸다. 그림일기라 그리 대단한 그림은 아니다. 그래도 매일 그림을 그린다는 것은 소소하지만 확실한 행복인 '소확행'이다. 잠시 집중하여 여러 가지 색깔의 펜이 오가면 무엇인가 그림이 되어 탄생하는 것이 즐겁다. 어린아이로 돌아간 듯 천진난만해지는 시간이다. 하루하루 쌓여가는 나의 그림일기가 행복의 갤러리이다. 여행은 내 안에 잠자고 있던 그림을 깨워주었다.

커피를 마시는 아버지를 그렸다. 어두운 밤 내 손에 날아와 앉은 반딧불이를 그렸다. 아름다움에 탄복했던 수승대를 그렸다. 내가 그린 그림을 바라보노라면 가끔 황홀한 자아도취에 빠져든다. 내가 이렇게 그림을 그릴 수 있다니! 비록 그림일기 수준이지만 마음만은 행복한 그림쟁이다.

여행을 떠나기 전에는 시를 쓰고 싶어도 쓰지 못했고, 그림을 그리고 싶어도 그리지 못했다. 여행을 마친 지금 나는 시를 쓰고 그림도 그린다. 잘 쓰고 잘 그린다고는 할 수 없지만 적어도 시도하고 노력한다. 여행 중 나에게 무슨 일이 일어난 것일까?

나는 뭐든지 잘하고 싶었다. 잘 못한다는 것이 두려웠다. 다른 사람이 잘하는 걸 보면 비교하며 주눅이 들었다. 그래서 쉽게 시도하지 못하고 도전하지 못했다. 마음속 깊이 숨겨두고 눌러두었던 것들이 전국에서 다양한 사람들을 만나며 용기를 얻었던 것 같다. 여행을 마친 지금 나는 더는 잘해야 한다고 생각하지 않는다. 그래서 두렵지 않다. 내 가슴에 가득한 아름다운 추억들, 멋진 여행을 잘 해냈다는 자긍, 스스로 이루어낸 작은 성공들이 나를 더욱더 당당하고 힘나게 한다. 이것이 여행이 주는 힘이 아닐까?

전국에서 맛본 우리나라의 술이 얼마나
매력적인지 나 같은 술맥도 그 맛과 향에 푹 빠져
술을 예찬하게 되었다. 당진 면천 두견주, 한산
소곡주, 아산 연엽주 그리고 진도 홍주……
만나는 술마다 진한 개성으로 나를 유혹했다.

팔도 술에 취하다

나는 술을 좋아하지도 않을뿐더러, 완전 숙맥이다. 겨우 막걸리 한 잔에 얼굴이 붉어질 주량이다. 그럼에도 전국에서 맛본 우리나라의 술이 얼마나 매력적인지 나 같은 숙맥도 그 맛과 향에 푹 빠져 술을 예찬하게 되었다. 당진 면천 두견주, 한산 소곡주, 아산 연엽주 그리고 진도 홍주……. 만나는 술마다 진한 개성으로 나를 유혹했다. 그러니 어찌 외면할 수 있단 말인가! 마시고 모아둔 각 지역의 술병만 해도 스무 병이 넘는다.

면천 두견주는 당진이 자랑하는 천년의 역사를 가진 술이다. 두견주라면 진달래꽃 술? 그렇다. 새봄에 핀 진홍빛 진달래로 만든 술이다. 진달래를 다른 이름으로 참꽃 그리고 두견화라 부른다. 우리의 진짜 꽃이라는 의미를 가진 '참꽃'이고, 피를 토하며 노래한 두견새가 흘린 피가 스며들어 붉게 핀다하여 '두견화'이다. 두견새의 처절함이 담긴 두견화로 만든 술이라는 것 자체가 마음을 끌었다. 그동안 말로만 듣던 두견주를 실제로 마실 수 있다는 생각에 술을 못 마시는 나인데도 설렘이 일었다.

두견주 전수 교육관은 당진시 면천면에 있다. 이곳에서는 두견주를 만드는 체험을 할 수 있고, 마셔볼 수도 있다. 이런 곳을 만나기 쉽지 않다. 너무나 혹하는 프로그램이다. 기대감 가득하여 두견주 술 빚기를 신청하였다. 그러나 아쉽게도 술을 빚어 볼 수는 없었다. 술 빚기 체험을 하기 위해서는 한 달 전이나 적어도 일주일 전에는 신청해야 한다고. 체험은 밑술에 진달래와 고두밥 그리고 누룩을 혼합하여 두견주를 만드는 과정이다. 밑술을 담그고 숙성시키는 시간이 필요한 것이다. 미리 알았더라면 두견주를 만들 수 있었는데⋯⋯. 너무나 아쉬웠다.

하지만 두견주를 원하는 만큼 마실 수는 있었다. 원하는 만큼이라고? 넉넉한 술 인심에 기분부터 취해왔다. 진달래가 활짝 핀 사진을 뒤로하고 두견주를 받아 한 모금 마셔보았다. 으음~ 크으흐으~ 추임새 같은 의성음이 저절로 흘러나왔다. 술이 달다. 그리고 향기롭다. 향기를 머금은 술이 목을 넘어 식도를 거쳐 위장으로 찌릿찌릿 흐르는 맛이 느껴졌다.

'아! 술이 이렇게 맛있으니까 사람들이 술을 마시는구나!'

면천 두견주에 감탄하며 또 한 잔을 받아 마시게 된다.

이제까지 사람들은 왜 쓴 술을 그리 마시나? 생각하였다. 그런데 술은 쓴 것이 아니었다. 면천 두견주를 만나고 이제야 술맛에 눈을 떴다.

함께 간 명희 씨도 맛있다고 춘천에 있는 분에게 택배를 보낸다. 사장님이 거스름돈 천 원이 모자란다며 두견주를 500밀리리터 물병에 가득 담아 줬다. 술이 든 물병을 안고 술꾼이 된 듯 즐거웠다. 술이 맛있으니 술꾼처럼 행동한다. 술병에 남아 있는 술마저 다 따라 마셨다. 그 모습이 우스워 한바탕 웃음이 터졌다.

달콤 향기로운 술에 젖어가며 술꾼을 경험하는 두견주와의 만남이었다.

두견주를 마시며 '술은 어떤 역할을 할까?'하고 평소 해보지 않던 질문을 해보았다. 한 잔 술은 사람을 자유롭게 한다. 즐겁게 한다. 지극한 만족감을 준다. 또 주고받는 술잔에 돈독해지는 우정이라고 한 잔 술은 관계의 촉매제가 되기도 한다. 너무 심하게 마시지만 않는다면 술 한 잔 정도 하며 살아가는 삶도 좋을 것 같다. 날 선 나를 잠시 내려놓고 술 한 잔 기울이고 나면 어느새 모든 것이 다 잘될 것 같은 위로가 우리를 감쌀 것이다.

서천에는 백제의 1,500년 전통이 깃든 한산 소곡주가 있다. 한산 소곡주의 주원료는 서천 찹쌀과 누룩이다. 여기에 들국화, 메주콩, 생강, 엿기름, 홍고추 등을 넣어 100일 동안 숙성시켜 술을 만든다. 한산 소곡주는 감미로운 향과 특유의 감칠맛 때문에 한번 맛을 보면 자리에서 일어날 수 없다. 그래서 다른 이름으로 '앉은뱅이 술'이라 불리기도 한다.

'안 일어나려다 못 일어나네'

'술맛에 과거시험을 놓친 선비' 등 많은 이야기가 전해져 내려오는 한산 소곡주. 나 같은 사람도 댓병 하나 사지 않을 수 없게 만드는 술이다.

　한산 소곡주 술맛에 반해 앉은뱅이처럼 일어나지를 못하고 술을 마시던 선비는 그만 과거시험 날짜도 잊어버리고 말았다. 결국 과거는 보지도 못한 채 집으로 돌아가야 했다. 술은 때론 복잡한 인생사를 다 잊어버리게 한다. 과거시험 날짜까지 잊어 버렸다. 어쩌면 그가 술을 마시며 잊어버린 것은 과거시험이 아니라 부질없는 입신양명에 매달려야만 했던 비겁한 자기였는지도 모른다. 한산 소곡주 향기에 젖어 정말로 그가 원했던 삶을 찾아 초야로 돌아갔을지도. 이렇듯 술에는 솔직한 자기를 만나게 하는 힘도 있다. 맑은 홍옥 빛깔의 진도 홍주도 잊을 수 없는 술이다. 진도 홍주는 한 잔을 마시며 세 번이나 취하게 하는 술이었다. 한 번은 그 아름다운 색에 취한다. 우리나라에 이렇게 예쁜 술이 있다니! 루비가 흘러나와 잔에 가득 찬 듯 영롱하다. 두 번째는 향기에 취한다. 붉은 진도 홍주를 한 모금 입에 머금으면 천 가닥 만 가닥의 싸하고 화한 향이 덮쳐와 후각을 마비시키며 또 취한다. 마지막으로 홍주는 온몸을 불태워 취하게 한다. 목을 넘어 닿는 곳마다 강렬하게 스치고 지나가며 활활 불을 낸다.

　얼마나 멋진 술인가! 세계적인 명주와 어깨를 나란히 할 수 있을 정도로 수준 높은 술이다. 술에 숙맥인 사람이 술을 논하는 것이 어불성설인 줄 알지만 내게는 진도 홍주가 세계적인 맛을 가진 술로만 느껴졌다.

어디 이뿐인가? 전주의 모주는 알코올 도수 1%의 한약 맛을 내는, 나에게 딱 맞는 술이다. 한 잔으로 몸이 훈훈해지며 기분도 좋아진다. 선녀가 내려와 마셨다는 수왕사의 맑고 깨끗한 물로 빚는 송화백일주. 송홧가루의 항균력과 정화작용 덕분에 긴 숙성이 가능하여 100일 이상 숙성시켜 증류하여 만든다. 그리고 과하주, 연엽주, 이강주, 문배주, 죽력고……. 지방마다 독특한 맛을 가진 술들이 이렇게 많다.

'群聚歌舞 飮酒晝夜無休(군취가무 음주주야무휴)'

'떼를 지어 모여서 노래와 춤을 즐기며, 술 마시고 노는데 밤낮을 가리지 않는다.'

삼국지의 위서 동이전 한전에 나오는 글귀이다. 옛 중국 사람들이 보기에도 우리 민족이 흥이 넘치며 풍류를 즐길 줄 아는 민족, 술을 잘 마시고 놀기도 잘하는 민족이었나 보다.

우리나라에 다양한 술이 있다는 것을 알게 되며 나도 술 분위기 정도는 누릴 줄 알게 되었다. 인생을 즐겁게 만드는 한 가지의 방법을 배우게 된 것이다. 물론 아직도 한 잔을 넘기지 못하는 주량이지만 아마 나의 삶의 폭이 전국에서 만난 술 한 잔만큼은 넓어졌으리라. 여행 덕분에 나도 술맛 좀 아는 술꾼이 되었다.

풍경에게

배우는 나날들

그 / 림 / 일 / 기

말랑말랑하게 잘 익은 감만 신중하게 골라 한참을 땄다.
담아 갈 곳이 모자라 머리에 썼던 모자를 벗어 수북이 쌓아
올려 안고 나왔다. 감 부자가 된 기쁨을 숨기지 못하고
웃음이 삐질삐질 새어 나왔다.

감은 이제 안 따요

　　여행의 즐거움 중에 으뜸은 누가 뭐래도 먹는
즐거움이다. 그 지역에 가야만 먹을 수 있는 음식은 여행의 풍
미와 만족감을 높여준다. 나는 감을 무척 좋아한다. 여행하며
먹은 것 중 최고를 꼽으라면 당연히 감을 꼽으리라. 부드럽고
달콤하고 색깔도 예쁜 주홍색 보배! 감이 있어 더욱 즐겁고 행
복한 여행이었다.

　내가 태어난 포천에는 감나무가 없다. 감나무가 자라기에 적
당하지 않은 기후였나 보다. 시장에서 사지 않고서는 감을 먹
을 수 없었다. 하지만 시골에서 돈을 주고 과일을 사 먹는 건
흔치 않은 일이었고, 어린 시절 먹고 싶은 감을 마음껏 먹지 못
했다. 그런데 남도에 내려오니 여기저기 감 천지였다. 집집마다
감나무 하나 정도는 다 가지고 있었다. 길거리 가로수도 감이
요, 감만 자라고 있는 감밭도 많다. 광에서 인심 난다는 말처럼
감이 많으니 감 인심도 후하였다.

　상주에는 우리나라에서 가장 오래된 감나무가 있다. 수령이
750년이나 된 '하늘 아래 첫 감나무'라 불리는 나무이다. 그리
크지는 않으나 줄기가 갈라져 마치 두 그루인 듯 떨어져 있었
다. 서로 마주 보는 가슴은 다 썩어 헐었다. 줄기에서 그 오랜

세월을 견뎌온 '자'만이 낼 수 있는 연륜이 느껴졌다. 아직도 노 익장을 과시하면서 가지마다 감을 수북하게 달고 있었다. 우리 나라에서 제일 오래되었다는 감나무를 만나서 기쁘기는 하지 만 아직 9월 초입이라 감이 익는 계절이 아니었다. 초록색 풋감 을 바라보며 입맛만 다시고 돌아서야 했다.

진짜 감과의 만남은 반시로 유명한 청도에서였다. 첫날 짐 을 풀고 청도읍을 한 바퀴 돌아보았다. 정류장도 예쁘장한 감 모양이고 어디를 가나 감나무가 많았다. 집집마다 감나무가 햇살을 받아 더욱더 환한 빛을 발하고 있었다. 눈길이 저절로 끌려갔다. 덩달아 그 달콤함을 그려보며 입맛도 다셔졌다. 감 이 아무리 많아도 여행자에게는 사진에나 담는 그림의 떡일 뿐. 그런데 길에서 만난 할머니가 집에 들어가 "감을 다 따가 라"고 하였다. 너무 흔해서 귀찮은 건지 아주 대수롭지 않게 여기는 투다.

'이 귀한 것을 공짜로? 이런 일도 다 있나?'

고마우면서도 의아하기까지 했다.

감을 따려고 할머니네 옥상에 올라갔다. 감을 주렁주렁 매단 감나무가 세 그루나 됐다. 감을 하나만 딸 수 있어도 감지덕지 한 데 세 그루나 되니 보기만 해도 감 부자가 된 것 같다. 말랑 말랑하게 잘 익은 감만 신중하게 골라 한참을 땄다. 담아 갈 곳 이 모자라 머리에 썼던 모자를 벗어 수북이 쌓아 올려 안고 나 왔다. 감 부자가 된 기쁨을 숨기지 못하고 웃음이 삐질삐질 새어 나왔다.

그렇게 시작된 감과의 인연은 감이 익어가는 마을마다 이어졌다. 청도 운문사 앞에서, 산청 산천재의 정원에서, 하동의 피아골에서, 의령 보천사지에서 얼마나 많은 감을 따 먹었는가! 셀 수도 없다. 감으로 인해 나의 여행은 더욱 달콤해졌다. 지금도 그때를 생각하면 내 마음에 주홍빛 감물이 드는 것 같다.

곡성에서도 어렸을 때 풀지 못한 한을 다 풀 정도로 원 없이 감을 먹었다. 12월인데도 아직 감을 달고 있는 감나무밭이 보였다. 가까이에서 일하는 할머니를 찾아가 돈을 내고 감을 따고 싶다고 말씀드렸다. 할머니는 여러 번 얼었다 녹았다 하여 팔지는 못한다며 먹고 싶은 만큼 마음껏 따가라고 하였다. 수지가 맞지 않아 수확하지 못하고 방치해두어 된서리를 여러 번 맞은 감이었다.

감나무밭으로 들어갔다. 우선 하나를 따 맛부터 보았다. 완전히 농익어 달고 달았다. 너무 익어 손등으로 입가로 줄줄 흘러내릴 정도였다. 아랑곳하지 않고 얼굴과 양손에 잔뜩 묻혀가며 감 잔치를 벌였다. 그리고 껍질이 튼실해 보이는 감만을 골라 따서 두 손 묵직이 가지고 나왔다. 조금이라도 값을 치르고 싶은 마음에 천 원짜리를 다 모아서 할머니에게 드렸다. 많은 돈을 드리면 안 받을 것 같아서 그렇게 드린 것이었는데 돈을 받은 할머니는 오히려 당신의 집으로 바삐 가시더니 당신이 먹으려고 보관해두었던 고봉 감을 상자로 가져오고, 단감도 검정 봉지에 한가득 가져다준다. 아무리 아니라고 손사래 쳐도 그래야 당신 마음이 편하다며 가져가라고 하였다. 덕분에 진짜 감 부자가 되어 돌아왔다.

감이 그득해진 것은 좋은데 문제가 생겼다. 밭에서 따 온 감이 너무나 무르익었다. 들고 오는 중에 터진 것이 여러 개다. 어쩌면 좋을까 생각하다 터진 것을 그릇에 담아 감 슬러시 삼아 숟가락으로 떠먹었다. 그 위에 볶은 아몬드와 땅콩을 넣어 감 견과요구르트 같이 먹기도 했다. 문제로 여겨졌던 터진 감에서 오히려 색깔도 영양도 고급진 요리가 창조되었다. 좋아하는 감을 충분히 먹으니 배도 부르고 가슴까지 넉넉해졌다. 그동안 채우지 못했던 감에 대한 욕구가 사르르 녹아내렸다.

배부르고 넉넉해진 마음으로 풍성하게 쌓인 감을 바라보았다. 된서리를 몇 번이나 맞았을까. 이미 오래전에 절정을 맞고 지금은 시들시들 쪼그라들고 있다. 선홍빛을 잃고 빛이 튀튀하다. 그 모진 된서리가 보드라운 속살을 더욱 진하고 달콤하게 만들었나 보다.

나에게도 되게만 느껴지던 세월이 있었다.

남편이 세상을 떠나고 얼마 지나지 않을 때였다. 집안일만 하며 살던 나는 세상 돌아가는 일에 너무 무지했다. 그래서 하나하나가 다 두려움이고 답답함이었다. 어느 날 우리 약국에서 물건을 훔치다 걸린 사람의 아들이 찾아왔다. 남편 병간호로 병원에 있는 사이, 그런 일을 벌이다 직원들에게 걸렸고, 이미 많은 절도 이력이 있어 실형을 받을 상황이었다. 그는 아버지의 실형을 원하지 않는다는 문서에 인감을 찍어달라고 했다. '도장을 아무 데나 찍으면 안 된다고 들었는데?', '인감을 이렇게 막 찍으면 큰일 나는 것 아냐?' 모르는 것이 증폭시킨 불안함이 밀려왔다. 도장 같은 것은 아무 데도 안 찍고 싶었다. 하지만 아버지를 생각하는 아들이 안되어 도장을 찍어주었다. 무슨 일이 일어나지는 않았다. 하지만 모든 게 두려웠다.

그렇게 불안스럽게 세상을 배워가던 어느 날 알 수 없는 우편물을 하나 받았다. 무엇인가가 법정관리로 넘어갔다는 내용이었다. 늦은 밤 우편물을 앞에 두고 소파에 기대어 앉아 있었다. 이것이 무슨 이유로 왔는지도 모르겠고 내가 어떻게 해야 하는지도 알 수 없어서 그저 기운을 잃은 채 깊은 숨만 내쉬고 있었다. 그때 잠을 자던 열두 살짜리 아들이 깨어 일어나 나왔다. 엄마가 걱정스럽게 소파에 기대어 있는 모습을 보더니 말없이 이불을 가져다 덮어주고 들어갔다. 무심히 방으로 들어가는 아들을 보며 순간 정신이 번쩍 들었다.

'내가 이렇게 약해서는 애들을 지킬 수 없다. 어린 딸과 아들이 나만 바라보고 있다. 강해져야 한다'는 생각으로 나를 다잡았다.

그런 세월이 감에 내린 된서리처럼 나를 익혀갔을까? 아직도 떫은맛을 내며 내 안에 어두운 자리를 차지하고 있는 것은 아닐까? 무르익어 저 홍시처럼 달콤한 맛을 낼 수 있으면 더욱 좋을 텐데. 푸짐한 감을 보며 달콤하게 익은 나를 그려보았다.

　가을 한 철 내내 그리고 겨울까지 남도에서 감을 맘껏 따고, 풍성하게 선물 받고, 배부르게 먹으며 여행했다. 길을 걸으며 감이 달린 나무를 볼 때마다 그냥 지나가는 것이 아깝고 따고 싶었다. 지금은 그저 정감 어린 풍경으로 보인다. 더 이상 감을 따지 않아도 될 것 같다. 감은 먹을 만큼 먹었으니 이제는 감처럼 붉게 진하게 익어가고 싶다.

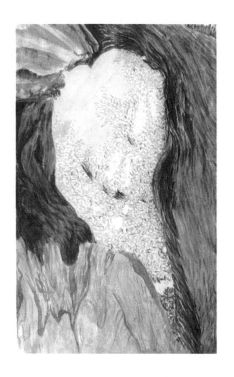

당진시 면천면에는 수령 1,100살이 된 면천 은행나무가
있다. 유명한 순 당진면천주를 만든 영랑이 심었다는
나무이다. 그 은행나무의 가슴에는 커다란 구멍이 뻥 뚫려
있다. 뚫린 구멍으로 파란 하늘이 올려다보였다.

자기 앞의 생

성주의 들판은 비닐하우스가 눈이 내린 듯 하
얗게 펼쳐져 있다. 그곳에서 참외가 자라고 있다. 성주 땅은 물
빠짐이 좋은 마사토라 참외 기르기에 적합하다고 한다. 흙이
좋을 뿐만 아니라 참외에 쏟는 정성도 보통이 아니라 부모님께
참외에게 하는 것처럼 했으면 아마 효도 상을 탔을 거라고 이
야기한다. 그래서인지 성주 참외는 노랗고 당도가 높아 최고의
맛을 자랑한다.

성주시외버스터미널에는 아침 일찍 병원을 다녀오는 노인들
이 버스를 기다리고 있었다. 한 할머니가 자신을 '걸어 다니는
종합병원'이라고 소개했다. 척추협착증이라 수술을 하고 좀 쌩
쌩해졌는데, 참외 수정하느라 며칠 허리를 펴지 못했더니 더 심
하게 아파져 다시 병원을 다녀온다고 했다. 그래도 참외를 처
음 출하해 삼백만 원을 벌었다고 즐거워하다가 새로 심은 품종
이 꽃이 안 핀다고 한숨을 내쉬었다.

날씨가 좋은데 꽃놀이는 다녀왔느냐고 내가 물었다. 꽃놀이
는 말도 말란다. 참외가 시작되는 3월부터 참외가 끝나는 11월
까지는 쉴 틈이 없이 참외를 관리하고 따야 한다는 것이다. 아
픈 허리는 아무리 치료를 받아도 쓰지 않아야 나을 수 있다. 그

런데 안 쓸 수 없는 상황이다. 너무 아프면 병원을 오가며 참외 일을 해야만 한다. 살아간다는 일이 참 녹록지 않다.

여행을 하며 삶이 힘겹게 느껴지는 많은 사람을 만났다.

동두천 중앙도심 공원 옆에는 등대처럼 생긴 작은 도서관이 있다. 더위도 피할 겸 시를 읽으며 쉬고 있었다. 도서관으로 오르는 길은 달팽이처럼 생겨, 기둥을 중심으로 빙빙 돌아가는 계단을 올라야 한다. 그런데 그 쉽지 않은 계단을 할머니가 올라왔다. 몸이 많이 안 좋아 보였다. 무의식적으로 나오는 이상한 소리를 연이어 냈다. 컴퓨터를 하는 학생 외에는 아직 이용자가 없어서 다행히 불편한 소음이 문제가 되지는 않았다. 할머니는 내 옆으로 다가와 앉으며 불분명하게 나오는 어눌한 발음으로 말을 했다

"명절이 가까워 오면서 갑자기 몸이 나빠졌어."

"병원 한 번 안 가고 건강했는데 요즘 이렇게 몸이 안 좋아졌어."

"며느리들이 같이 살려고 하지를 않아. 같이 살면 내가 그 큰 집의 청소도 다 해주는데. 그래도 싫은가 봐."

잠시 후 아들이 찐빵을 사 들고 올라와 할머니와 함께 먹었다. 그리고 할머니를 모시고 내려갔다. 집으로 어머니를 오시라 할 수 없어서 이곳에서 만나고 가는 것이 아닌가 짐작해보았다.

봉화에서 영양으로 가는 버스에 탄 나와 비슷한 연배의 오십

대 여인은 "밤에 다리가 찌르는 듯 쑤시어 잠을 못 자겠다." "내 몸뚱이가 나를 이렇게 힘들게 한다." "일 도와달라고 오라는데 내가 살아야 하기에 못 갔다."고 이야기했다. 함께 탄 20대 발달장애의 아들은 침을 흘리며 계속 이상한 소리를 지른다. 그러면 여인은 일일이 아기 다루듯 대꾸를 했다.

삶은 매일매일 우리 앞에 숙제를 가지고 찾아온다. 쉽게 해결할 수 있는 숙제라면 삶의 탄력을 키워주는 힘이 되고 추억이 될 것이다. 하지만 도대체 버겁기만 한 숙제는 어찌해야 할까?

그런데 사람만 힘겨운 것은 아니었다. 생명을 가지고 이 세상에 태어난 모든 것들은 다 자기 앞의 쉽지 않은 삶을 살아가고 있었다.

혼자 거닐다 보면 숲속에서 벌어지는 자연 세계를 관찰할 기회가 많다. 우리나라 최초의 신학교가 있었고, 황사용이 숨어서 백서를 쓰던 토굴이 있는 제천 배론 성지를 여행할 때였다. 십자가의 길이 있는 숲에서 애벌레의 고단한 삶을 보게 되었다. 아직 어려 길이가 엄지손톱만 한 애벌레가 기어가고 있었다. 자기를 보호하려고 꼬리 부분에 있는 침을 찌를 듯 세웠다. 그런데 작다고 우습게 보았는지 감히 파리가 와서 치근거렸다. 파리는 애벌레를 잡아먹을 수 있는 입도 없다. 그런데도 자꾸 귀찮게 하니 애벌레는 온몸을 말아 저항했다. 파리의 입은 핥아먹는 입이다. 즙을 핥아먹을 수는 있어도 살아 있는 이 애벌레를 사냥할 수는 없다. 작다고 만만히 보고 덤비는 것이다. 파리로

부터 자유로워지자 이번에는 개미가 와서 덤볐다. 애벌레 몸 크기의 백 분의 일 정도 되는 자잘한 개미가 말이다. 이쪽으로 와서 찔러보고 안 되니, 또 다른 쪽으로 가서 괴롭혔다. 애벌레는 몹시 성가셔했다.

이 애벌레가 허물을 벗어가며 잘 성장할 수 있을까? 걱정스러웠다. 앞으로도 수많은 난관과 적을 만날 텐데, 무사히 멋진 날개를 가진 나비가 되어 꽃밭을 날아다닐 수 있을까?

숲속으로 좀 더 걸어 들어갔다. 이곳에서는 갑자기 다람쥐 두 마리가 난리가 난 듯 요란스러웠다. 한 마리 다람쥐는 그야말로 죽어라 달려 도망을 쳤다. 또 한 마리의 다람쥐는 사생결단하자고 쫓아가고 있다. 이게 무슨 일인가 싶었다. 좀 말려야 될 것 같았다. 내가 쫓아갔다. 둘은 내 발밑의 돌 속에 숨어 조용했다. 좀 진정이 되었나 싶어서 다시 걸어갔다. 또 난리가 나서 도망가고 쫓아갔다. 다시 가서 싸움을 말렸다. 그사이 앞서 도망가던 다람쥐는 사라졌다. 뒤에서 쫓아가던 다람쥐는 숨이 찬지 헐떡거리며 사라진 다람쥐의 흔적을 찾아 두리번거렸다.

사생결단할 일이 있었던 것일까? 먹이라도 뺏어 먹었나? 암컷을 두고 수컷끼리의 기세 싸움이었을까? 숲은 그렇듯 치열한 생존경쟁으로 긴장되어 있었다.

식물들의 삶도 만만하지 않았다. 당진시 면천면에는 수령 1,100살이 된 면천 은행나무가 있다. 유명한 술 당진면천주를 만든 영랑이 심었다는 나무이다. 그 은행나무의 가슴에는 커다란 구멍이 뻥 뚫려 있다. 뚫린 구멍으로 파란 하늘이 올려다보였다. 그럼에도 풍성하게 열매를 달고 서 있었다.

강릉 중앙시장 근처에는 전래동화 '은혜 갚은 호랑이'가 가져다준 씨앗이 자란 천년수 옥천동 은행나무가 있다. 이 나무는 가슴에 커다란 암 덩어리를 달고 있었다. 하지만 여전히 싹을 틔우고 잎을 내어 그늘을 만들고 있었다.

모진 세월을 사느라 가슴에 구멍이 뚫려도, 묵직한 혹이 달려도 묵묵하게 오늘을 살아가고 있었다.

여행을 하며 곳곳에서 삶이 녹록지 않다는 것을 느꼈다. 누구나 행복한 삶을 꿈꾸지만, 모두가 행복을 누리며 사는 건 아닌 것 같다. 그러나 우리는 삶이 고되고 힘겹다고 불만만 쏟아내며 살 수 없다는 걸 체험적으로 안다. 불평한다고 삶이 행복으로 변하지 않는다는 걸 알기 때문이다. 부처님은 그런 세상을 일러 '고통의 바다'라 했다. 이 녹록지 않은 세상에서 나는 어떻게 살아갈 것인가 생각해보았다. 삶이 다 그런 것인데 어찌 내 삶만 꽃길이기를 바라랴. 그저 하루하루 정성을 다해 오늘을 살아갈 뿐 달리 무슨 '수'가 있을까. 곰곰이 생각해보면 오늘 내게 주어진 이 하루는, 지금까지 내가 한 번도 살아보지 못한 완벽히 새로운 날이다. 선물같이 와 있는 오늘이 너무나 큰 축복으로 느껴진다. 그렇게 생각하니 앞으로 내 삶에 다가올 어려움도 묵묵히 잘 받아들일 수 있을 것만 같다.

특히 늙은 신의 마지막 역작이라고 불리는 두무진(명승 8호)은 경이 그 자체였다. 사진에서 본 그랜드캐니언을 만난 듯한 비경이었다. 세계의 그 어떤 풍광보다 더 멋지다. 보자마자 놀라움의 탄성을 연발했다. 깎아지른 절벽의 거대한 바위들이 줄지어 서 있다. 장군바위, 신선대, 형제바위, 코끼리바위, 선대암……. 바다까지 가세하여 절경을 도왔다. 성난 파도가 드세게 바위들 때리며 부서져 내리고 있다. 절벽 바위에서 그리고 파도에서 힘이 불끈불끈 느껴졌다.

백령도에 참 잘~ 왔습니다

때 묻지 않은 자연의 아름다움을 간직한 섬. 천혜의 절경을 가진 섬. 서해바다 최북단. 백령도에 왔다. 고교 시절 국어 교과서에선가? 서해바다 아주 먼 곳에 백령도라는 아름다운 섬이 있다는 글을 읽었다. 그 후부터 왠지 모르게 백령도에 가고 싶었다. 경기도 포천에서 태어나 바다를 한 번도 보지 못한 소녀가 꿈꾸기 시작했다. 바다를 건너 '하얀(백) 날개(령) 섬'에 가고 싶다고. 그날 이후 30년이 지나고 40년이 다 되었다. 이제야 드디어 꿈을 이루었다.

미리 도착해 여객선 터미널이 있는 인천 연안부두 근처에서 한 밤을 잤다. 아침 7시 50분, 백령도행 하모니플라워호를 타고 출발했다. 4시간 정도 배를 타야 하기에 어제 준비해둔 붙이는 멀미약을 붙였다. 그러고도 걱정이 되어 소화제를 또 사 먹었다. 작년에 울릉도를 들어갈 때 거의 죽다 살아난 일이 생각났기 때문이다.

정말 끔찍했었다. 한 손에 커피를 들고 울릉도행 배에 오를 때만 해도 의기양양했었다. 자리를 찾아가니 수녀님 한 분이 먼저와 창가 자리에 앉아 있었다. 수녀님과 인사를 나누며 나는 전국을 여행하고 있는 여행자라고 자랑하듯 소개할 때까지도 좋았다. 그런데 배가 출발하자마자 곧바로 화장실로 달려가야 했다. 출항과 동시에 멀미가 나기 시작한 것이다. 그리곤 배가 울릉도에 닿을 때까지 자리에 돌아올 수 없었다. 화장실 안에서 3시간 동안 끝도 없이 구토를 했다. 화장실 밖에서 용변이 급하다고 문을 두드리는 사람이 있어도 도저히 나올 수가 없었다. 내가 급하면 남의 사정을 봐줄 수 없나 보다. 아마 정 급한 사람은 다른 층의 화장실을 찾아갔을 것이다. 전날 밤 강릉에 있는 남동생 집에서 잠을 잤다. 일찍 출발하는 시누이를 위해 올케가 정성스럽게 아침상을 차려주었다. 고마운 마음에 잔뜩 먹고 나온 것이 화근이었나? 녹초가 되도록 멀미를 했다. 배가 울릉도에 도착하였다. 내리기는 해야겠기에 내 자리로 짐을 챙기러 돌아갔다. 비척 비척이면서. 아까 전국여행자라며 폼 좀 잡았던 것이 영 쑥스러워 수녀님 얼굴을 똑바로 보지도 못했다. 대충 눈인사만 하고 헤어졌다. 배에서 내리고도 멀미는 계속되어 하루 내내 잠만 잤다. 울릉도까지 가서 잠만 자다니 몹시 아쉬웠지만, 몸이 움직이지를 않으니 어쩔 수 없었다.

다행히도 백령도행 배는 심하게 흔들리지 않고 편안했다. 백령도는 인천에서 직선거리로 173킬로 떨어져 있다. 남한보다 북한이 더 가깝다. 북한 육지와는 13킬로밖에 떨어져 있지 않다. 서울까지는 205킬로이지만 평양과는 150킬로라 한다. 주위에 있는 섬들이 다 북한 땅이라는 말에 눈이 동그래졌다. 배는 소청도를 지나고, 대청도를 지나 11시 30분 백령도 용기포구 선착장에 닿았다. 백령도의 주소는 인천광역시 옹진군 백령면이다.

새파란 물결을 헤치고 끝도 없이 달려가야 만날 수 있는 곳. 쉽게 다다를 수 없는 곳이어서 더욱 오고 싶었던 곳. 드디어 그곳에 도착했다.

백령도는 과연 그리워할 만한 멋진 곳이었다. 가는 곳이 다 천하의 절경이었다. 보이는 곳이 다 지질역사공원이었다. 특히 늙은 신의 마지막 역작이라고 불리는 두무진(명승 8호)은 경이 그 자체였다. 사진에서 본 그랜드캐니언을 만난 듯한 비경이었다. 세계의 그 어떤 풍광보다 더 멋졌다. 보자마자 놀라움의 탄성을 연발했다. 깎아지른 절벽의 거대한 바위들이 줄지어 서 있다. 장군바위, 신선대, 형제바위, 코끼리바위, 선대암……. 바다까지 가세하여 절경을 도왔다. 성난 파도가 드세게 바위를 때리며 부서져 내리고 있다. 절벽 바위에서 그리고 파도에서 힘이 불끈불끈 느껴졌다. 두무진이란 이름은 바위들이 선 모습이 마치 장군들이 머리를 맞대고 회의를 하는 것 같다고 해서 생겼다. 서해의 해금강이라 불릴 정도로 웅장하고, 다양하고 기묘한 절벽과 기암괴석들이 펼쳐진 두무진, 이보다 아름다운 경치가 있을까 싶다.

세계적으로 보기 드문 '감람암 포획 현무암 분포지'도 보았다. 바닷가에 황록색 감람암 조각들이 섞인 현무암 돌덩이가 있다. 땅속 수십 킬로미터 아래에 감람암이 있었다. 용암이 분

출할 때 함께 올라와 현무암 속에 섞이게 된 것이다.

콩돌해변(천연기념물 제392호)은 돌들이 정말 예쁘다. 콩알을 뿌려 놓은 듯 자그마한 돌멩이들이 2킬로에 걸쳐 펼쳐져 있다. 매끄러운 촉감이 좋아 맨발로 걸어 다녔다.

나는 돌을 좋아한다. 자세히 바라보면 돌들에도 사람처럼 살아온 삶이 있다. 끓어오르기도 하고, 부서져 내리기도 하고, 차곡차곡 쌓이기도 하는 삶. 어떤 돌은 자신을 뜨거운 열로 단련하여 오색찬란한 보석을 만들었다. 어떤 돌은 이리저리 뒤틀리고 휘어지는 삶으로 그림을 그렸다. 딱딱한 돌 안에서 발견하는 그들의 길고 뜨거운 역사가 바라볼수록 즐겁다.

이탈리아 나폴리 해변과 더불어 세계에서 단 두 곳뿐인 해변 활주로라는 사곶해변(천연기념물 391호. 너비가 300미터인 모래 해변)이 3킬로나 길게 이어져 있다. 비행기가 달릴 수 있을 정도로 단단한 모래 해변이란다.

고봉포구의 입을 벌려 포효하는 사자바위. 땅이 물결처럼 휘어진 남포리 습곡구조(천연기념물 507호). 용이 하늘로 올라가는 듯한 모습의 용트림 바위. 해안을 이루고 있는 바위와 절벽이 모두 기기묘묘하다. 보고 있으면 재미있는 이야기들이 저절로 떠오른다.

그 신비로운 바위에 붙어 자라는 해국이 세찬 바닷바람에 몸을 휘청이면서도 우아하게 웃고 있다. 사무치게 몸을 흔드는 억새의 물결이 먼 곳에서 달려온 바람을 환영하며 노래를 부르고 있다. 그리움이었던 백령도가 두 팔 벌려 나를 반겨 안아주는 듯하다. 그 품에서 행복하게 백령도에 젖어가며, 감탄하며, 즐기며 백령도를 가슴에 담았다.

백령도에 절경만 있는 것이 아니다.

심청이가 눈먼 아버지를 위해 바다에 뛰어든 인당수도 바로 이곳에 있다. 세찬 물살을 바라보며 두려움에 떨던 심청이 보이는 것만 같다.

인당수를 바라보고 선 심청각에서 마주 보이는 곳이 북한 장산곶이다. 바닷가에서 선 기암 하나와 절벽을 이룬 해안선이 보였다. 농사를 짓는 들판과 단층의 가옥들도 있다. 사선으로 누운 거대한 바위가 그대로 산이 되어 거칠게 솟은 바위산도 있다. '장산곶 마루에~ 북소리 나더니~ 금일도 상봉에~ 님 만나 보겠네~~~~' 장산곶 타령이다. 음악 시간마다 소리 높여 그 노랠 불렀었다. 바로 그 장산곶을 보고 있다.

그저 이야기로 노래 가사로만 알던 장소를 신비하게 바라보았다. 비로소 심청전이, 그동안 불렀던 노래가 완성되는 느낌이다. 우리 겨레의 뼛속까지 스며든 이야기와 노래에도 다 고향이 있었다. 그곳에 내가 서 있다. 가슴 한 부분이 일렁이며 몽글몽글해져왔다.

박제가 아닌 살아 있는 물범도 만났다(천연기념물 331호 점박이물범). 바다에 뜬 작은 갯바위에 점박이물범이 산다. 갈매기들과 비좁은 물범바위를 나눠 차지하고 누워 있다. 돼지처럼 육덕진 살결, 바위와 밀착하여 가끔 뒤척이는 몸. 게으름, 느림, 편안함, 여유로움을 몸으로 강의하고 있는 모습이다. 저렇게 게으르다가도 수심 100미터까지 잠수하여 먹이를 잡아먹는다. 옛날에는 서해바다에 팔천 마리가 넘게 살았었다. 지금은 삼백여 마리가 겨우 살고 있을 뿐이다. 쉽게 만날 수 없는 물범이다. 심청각 앞에 선 망원경에서 눈을 떼지 못하고 보고 또 보았다. 80~120킬로의 거구이지만 볼수록 귀엽다.

꿈에 그리던 백령도에 왔다. '꿈은 이루어진다'라는 구호가 나오기도 전에 미지의 섬 백령도를 꿈꾸었다. 꿈은 일상의 무게에 눌려 사라질 듯 사라질 듯 희미해지기도 했다. 다시금 되살려 '백령도에 가고 싶다'고 꿈꾸기를 몇십 년. 꿈은 이루어졌다.
수많은 사람이 여행을 꿈꾼다. 여행하며 만난 거의 모든 사람이 여행하는 나를 부러워하였다. 그들 역시 전국을 여행하고 싶어 했다(오직 이천 광고 전통시장에서 만난 우즈베키스탄에서 온 귀여운 카페지기만이 여행을 부러워하지 않았다). 모든 사람이 한 번쯤은 전국 여행을 꿈꾼다는 뜻일 거다. 하지만 오직 행동하는 사람만이 그 꿈을 이룰 수 있다. 사람들이 나의 여행을 부러워하는 것은 그들의 꿈을 실제로 살아가고 있기 때문이었다. 구슬이 서 말이라도 꿰어야 보배다. 행동으로 구슬을 꿰어야 내 목에 걸 수 있다. 몇십 년 동안의 꿈을 실현하여 백령도에 있는 내가 멋지게 생각됐다.
해변에서 만난 억새들이 바람결에 춤추며 나에게 이야기했

다. 백령도에 참 잘 왔다고. 계속해서 꿈을 꾸라고. 그렇게 스스
로 행복을 만들어가라고. 꿈은 이루어진다고. 억새들이 온몸으
로 바람 노래 부르며 나를 격려했다.

그렇게 나무는 자기의 모든 것을 내어주며 오백 년, 천 년을 그 자리를 지키며 서 있다. 나이가 들어갈수록 더 크게 품어주고 더 넓은 그늘을 드리우는 나무. 나무는 늙어가는 것이 아니라 나이테를 더할수록 더 넓어지고 있었다.

나무를 닮고 싶다

나는 나무를 좋아한다. 나무에 대해 알면 알수록 나무는 더 감동적으로 다가온다. 숲 해설을 하며 학생들을 두 팀으로 나누고 '나무가 하는 좋은 일'을 팀별로 이야기해보자고 하면 칠판을 다 채우고도 남을 만큼 이어진다. 나무는 공기를 정화해준다. 물을 저장하여 주는 푸른 댐이다. 우리가 숨 쉬는 산소를 만들어준다. 새들에게 보금자리가 되어준다…….

사람의 좋은 점을 말하라고 하면 얼마나 길게 이어질 수 있을까? 가만히 생각해보면 사람보다 나무가 더 훌륭한 것 같다. 나무처럼만 살면 정말 잘 사는 사람이다.

예천군 감천면 천향리에 있는 석송령을 만나러 갔다. 예천이 고향인 지인이 꼭 한번 가보라 이른 적이 있었다. 이른 아침에 첫차를 타고 가며 '아무리 나무를 좋아하지만, 달랑 소나무 한 그루를 보러 너무 고생을 하는 것은 아니야?'란 생각이 스치기도 했다. 그런데 버스에서 내려 석송령을 보자마자 '과연 이름이 날 만한 나무로구나!' 그 매력에 사로잡히고 말았다.

마침 석송령 주위를 정비하는 날이었다. 열린 울타리를 넘어

안에까지 들어가 이곳저곳을 사진 찍으며 소나무를 살펴보았다. 기둥 줄기의 우람함이 범상치 않다. 줄기의 휘어짐은 용트림을 보고 있는 듯 생동감 있다. 한 마리 용이 아니다. 대여섯 마리의 용이 서로 몸을 엉켜 비틀며 돌아가고 있었다. 가슴둘레가 4.2미터나 되고 수령이 600년이나 된다. 얼마나 넓게 뻗었는지 가지 하나 받쳐 놓으려고 기둥이 열 개가 넘게 서 있다. 한 어르신은 석송령이 만드는 그늘이 300평을 넘는다고 했다. 사진에 다 담기 위해 뒤로 물러나고 또 물러나야만 했다.

석송령은 천연기념물 제294호 소나무이다. 일제강점기에 일본은 우리나라 정신을 말살하려고 마을의 신당나무들을 다 베어버렸다. 그때 석송령도 위기에 처했다. 그런데 이 나무를 베러 톱을 싣고 자전거를 타고 오던 사람이 그 자리에 고꾸라져 죽는 일이 생겼다. 아무도 석송령을 벨 수 없었다. 그 이후로 사람들은 더욱더 귀하게 석송령을 모셨다. 한국전쟁 때 마을에서 열한 명의 젊은이가 전쟁에 나갔는데, 그 처참한 전쟁통에도 모두 손끝 하나 안 다치고 돌아왔다. 마을 사람들은 모든 것이 석송령의 신통력이라 믿고 있었다. 석송령에 대한 이야기를 한참 서서 들으며 점점 더 이 나무에 빠져들어 갔다.

더욱 놀라운 것은 석송령이 세금을 내고 있단다. 나무가 세금을 낸다? 신기하지 않은가? 1929년 이 마을에 사는 노인이 아들을 행방불명으로 잃게 되었다. 노인은 세상을 떠나며 전 재산을 석송령에게 상속했다. 원래 나무는 법인도 아니고 인격도 없기에 재산을 갖는 것은 불가능하다. 그런데 당시는 사람을 확인할 정도로 공무가 체계적이지 않았다. 석 씨 성을 가진 송령이라는 사람인 줄로만 알고 재산이 상속되었다. 그래서 석송령은 자기 땅에 세 든 사람들에게 세도 받고, 국가에 재산세도 내고 장학사업까지 하는 부자 나무가 되었다.

마을 사람들의 석송령에 대한 사랑이 이만저만이 아니다. 지금처럼 일 년에 네 번 마을 어른들이 모여 정비를 하고, 일 년에 한 번 제를 지낸다. 그뿐만 아니라 눈이라도 오면 눈의 무게에 가지라도 다칠까 봐 다들 장대를 들고 나와 눈을 턴다고 했다.

마을 어른들이 다 나와 풀도 뽑고, 예초기도 돌리고 있는데, 사진 찍는다고 그사이를 왔다 갔다 하는 것이 송구스럽다. 옆에 있는 가게에서 막걸리 일곱 병을 사다 드렸다. 어르신들은 막걸리를 받고 기분 좋아하며, 한 병은 석송령에 선물하자고 했다. 나는 나무 주위를 돌아가며 막걸리를 뿌려주었다. 항상 지금처럼 건강하고 풍채 있는 모습이기를 기원하는 마음과 함께 숙연함이 일었다. 순간 내면의 어떤 세계에서 석송령과 내가 교감한 것만 같다. 가슴 아래 한 부분이 따스해져왔다. 어르신들은 들었던 호미와 낫을 잠시 내려놓고 모여 앉아 서로의 술잔에 막걸리를 따라주며, 한 잔 들이켜며, 이마의 땀을 식히셨다. 그 모습을 바라보며 또 내 마음이 따스해지고 흐뭇해져왔다.

신령스럽다는 게 이런 느낌인가? 석송령을 보러 오길 정말 잘했다. 마을의 주민이자 마을의 수호자이자 마을의 자랑인 석송령. 600년 동안 이 어르신들이 태어나고 그 아버지의 아버지가 태어나는 모습도 보며, 이 마을을 가슴에 품고 살아온 마을의 큰 어른을 만난 느낌이었다.

강진 청자박물관에서 300미터 정도 올라가면 강진군 대구면 사당리 천연기념물 제35호 푸조나무가 있다. 15미터나 펼쳐진 그 품이 참으로 놀랍다. 사방으로 뻗어 나간 가지 끝에 선 내 모습이 '고래 앞에 선 피라미'인 것만 같았다.

푸조나무는 지상으로 1미터도 안 올라와서 여섯 개의 큰 줄기로 갈라졌다. 삼백 년 전 엄마 나무가 폭풍우로 부서지자 그 밑동에서 가지 여섯 개가 올라와 자랐다고 한다. 그렇다. 나무는 결코 스스로 생을 포기하는 일이 없다. 그 어떤 상황에서도 최선을 다하여 삶을 유지해간다. 다시 자라난 여섯 가지가 풍성하게 뻗어 나간 모습이 근엄하고 장대하여 그 기상이 참 좋다.

가지 한끝과 나의 손을 겹쳐 300년 동안 살아온 푸조나무의 기운을 느껴보았다. 나무를 쓰다듬으며 만지려니 이제 우리는 친구가 된 듯하다. 마음속으로 "언제까지나 너를 기억할게, 나의 멋진 친구야!"라고 이야기해주었다.

또 다른 곳의 멋진 나무들도 생각난다. 여러 사람이 그늘에 굿과 기도를 올리던 영암 월곡리 느티나무(천연기념물 제283호). 스님이 꽂아놓은 가지가 한 마리 거대한 거북 모양처럼 자란 500살 수령의 청도 운문사 처진소나무(천연기념물 제180호). 중국 산둥성에서 이사 온 구례군 산동면의 우리나라 첫 산수유나무. 호두나무의 시조 천안 광덕산에 있는 호두나무(천연기념물 제398호). 모두가 내 마음 한편을 차지하고 있다.

모든 나무는 생명을 품고 있다. 생명은 나무의 넉넉한 품에 기대어 살아간다. 뜨거운 여름날 나뭇가지에는 여름보다 뜨겁게 사랑을 노래하는 매미가 있다. 매미는 나무에서 태어나 나무와 더불어 살아간다. 노래를 불러 사랑을 맺은 매미는 어디에 알을 낳을까? 물속에? 땅속에? 나무줄기에? 답은 나무줄기이다. 매미는 나무의 줄기나 가지에 알을 낳는다. 매미의 알은 나무줄기에서 그대로 겨울을 나고 여름이 되면 애벌레가 된다. 애벌레는 나무에서 땅 위로 떨어져 내린다. 앞다리로 땅속으로 파고 들어가 나무뿌리의 즙을 먹으며 몸을 키운다. 그렇게 7년을 지낸 매미 애벌레는 여름밤 땅속에서 나와 나무를 기어 올라가 나무를 부둥켜안고 날개를 편다. 그리고 나무의 즙을 먹으며 나무에서 노래하다 나무에서 사랑하고 나무에 알을 낳는다. 매미는 평생을 나무와 함께하며 살아간다. 그런데 나무와 더불어 삶을 살아가는 것이 어디 매미뿐이랴?

나무는 1억 5천만 킬로미터를 달려 지구에 도달한 태양 빛을 낚아채어 산소와 영양분을 만든다. 사람은 그 산소를 받아들여 몸 안의 공장을 돌려 에너지를 생산한다. 또 그 나무의 열매와 씨앗, 과일, 어린순 등의 양분에서 살아갈 힘을 얻는다. 더운 여름날 앉아 쉬어 가라고 품이 넓은 그늘을 만들어준다.

그렇게 나무는 자기의 모든 것을 내어주며 오백 년, 천 년을 그 자리를 지키며 서 있다. 나이가 들어갈수록 더 크게 품어주고 더 넓은 그늘을 드리우는 나무. 나무는 늙어가는 것이 아니라 나이테를 더할수록 더 넓어지고 있었다.

나는 나무처럼 살고 싶다. 나무처럼 나이 들고 싶다. 나무처럼 늙어가는 것이 아니라 넓어지는 매일을 살고 싶다.

그 / 림 / 일 / 기

거북처럼 생긴 높지 않은 절벽 바위 위에는 소나무 숲이
우거져 있었고, 바위 절벽에는 이곳을 찾아온 수많은
묵객의 시와 이름이 또 숲을 이루었다.

수승대 절경에 반하다

거창에서 만난 분이 말하기를 "사람 살기 좋은 곳으로 1~2위를 다투는 곳이 거창이다"라고 했다. 그래서일까, 만나는 분들이 참 따뜻했다. 이른 아침 버스터미널에 가서 기사님들에게 수승대를 간다고 했더니 저마다 가는 방법을 알려주느라 소란스럽다.

"지금 버스를 타고 가면 30분은 걸어가야 한다. 40분 정도 기다려 9시 버스를 타고 가라."

"뭐가 30분이나 걸리느냐? 10분 정도 걸어가면 된다. 길이 좋으니 그냥 이 버스를 타고 가라."

"어떻게 거기를 10분에 가느냐? 20분은 족히 걸어가야 한다."

그 모습을 보며 웃음이 났다. 내란을 말리느라 "그냥 이 버스를 타고 가다가 위천면에서 내려 산책하며 걸어갈게요. 걱정하지 마세요." 하며 중재를 해야 했다. 버스를 타고 가면서도 친절은 이어져, 내리는 순간까지 가는 길과 점심을 먹어야 하는 곳 같은 유용한 정보들을 쏟아냈다.

다복다복 정이 넘친다. 아침부터 가슴을 따스하게 하는 '갱상도' 아재들의 다정함이다. 경상도 사나이들은 투박하고 말이 없다고 들었다. 그것은 잘못된 말이었다. 다 그렇지는 않다는 것을 경상도를 여행하며 확실히 알게 되었다.

위천면에서 내려 걸어가기를 참 잘했다. '별들의 고향'이라는 김광석이 그려져 있는 LP 카페도 만나고, 어린 시절을 생각나게 하는 정미소도 보았다. 위천을 따라 나 있는 길가 소나무 숲도 정취 있다. 재미있는 전설이 담긴 바위도 만났다. 이런 길이라면 온종일 걷고 싶다.

수승대 가기 전에 냇물을 향해 튀어나온 큰 바위가 하나 있다. 근심을 씻었다는 뜻을 가진 척수대 바위이다. 삼국시대에 이곳은 신라와 백제의 국경지대였다. 타국에 갔던 사신들은 이 바위에 도착하여 모든 근심을 씻었다고 한다.

척수대에는 백여우와 사랑에 빠진 조선 숙종 때 명의 유이태의 사랑 이야기가 담겨 있다. 그래서 '이태사랑바위'라고도 부른다. 거창군 위천면이 고향인 유이태가 서당에서 글을 배우던 어느 날 밤이었다. 허전한 마음을 달래보려고 이 바위에 앉아 하염없이 달빛만 바라보고 있었다. 갑자기 아름다운 여인이 나타나서는 입맞춤해달라 유혹하였다. 달콤한 유혹에 넘어가 그녀의 입술에 입을 맞추자 입속으로 구슬이 굴러들어 왔다. 그 신비한 구슬의 쾌감에 홀린 유이태는 그녀와 사랑에 빠졌다. 그런데 이상하게 몸이 점점 쇠약해져갔다. 이를 눈치 챈 훈장님이 "얼른 구슬을 그냥 삼켜버려라" 다그쳤고, 그는 구슬을 꿀꺽 삼켰다. 그러자 아름답던 여인은 백여우로 변해 산으로 도망가 버렸다.

삼킨 구슬을 빼내 몸에 지니자 건강이 회복되고 총명해져 명의가 되었다. 그의 인술은 극에 달하여 중국까지 명성을 떨쳤다.

이태사랑바위는 지금도 영험함이 있어, 이 바위에 올라 소원을 빌면 사랑도 이루어지고 자식도 훌륭하게 잘 큰다고 한다. 와! 이렇게 신통한 바위를 아침부터 만나다니. 아픈 사랑에 빠진 분들에게 강력 추천 명소가 여기 거창에 있었다.

그저 좀 커다란 바위일 뿐이라고 생각했는데 이런 특별함을 품고 있었다니, 갑자기 바위가 더 멋지게 느껴졌다. 자신만의 이야기를 가지고 있다는 것은 사람에게나 바위에게나 큰 자산이고, 사연을 안다는 건 관계를 돈독하게 하는 요소이다.

드디어 수승대에 도착했다. 화강암반과 함께 어우러진 숲이 아름다워 국가지정 명승 제53호로 지정되어 있었다.

과연 수승대는 절경 중의 절경이었다. 가을이 깊어가는 이 계절 알록달록 단풍까지 입었다. 다시 한번 우리나라의 아름다움을 감탄하게 했다. 거북처럼 생긴 높지 않은 절벽 바위 위에는 소나무 숲이 우거져 있었고, 바위 절벽에는 이곳을 찾아온 수많은 묵객의 시와 이름이 또 숲을 이루었다. 그 숲을 얹은 바위가 명경 같은 강물에 비추니, 어디에서도 찾기 힘든 깊고 아름다운 절경이 탄생했다.

거북바위뿐만 아니라 숲과 조화를 이룬 관수루, 요수정 그리고 구연서원도 내 마음을 사로잡았다. 특히 관수루의 기둥이 눈길을 끌었다. 완전히 한 바퀴를 돌아 배배 꼬인 기둥이 관수루를 받치고 있었다. 이 기둥 덕분에 관수루는 더욱 특별하게 다가왔다. 뒤틀렸다 하여 버려지지 않았고 오히려 그 모습을 당당히 인정받아 관수루를 떠받치는 하나의 기둥이 되었다. 그 덕에 관수루는 더욱 멋스러운 정자가 되어 여행자의 눈길을 사로잡았다. 숲이 그대로 정자에 담긴 듯 관수루는 자연스러운 아름다움을 갖게 되었다. 필시 이 나무를 사용한 목수는 최고의 아름다움을 아는 사람이었을 게다.

그 기둥은 나에게 위로처럼 다가왔다. 모남도 휘어짐도 다 우리 삶의 한 모습이다. 휘어지고 뒤틀린 나무 기둥처럼 나도 그러하다. 올곧게만 자랄 수 없는 나무처럼 우리의 인생도 긴 여정에서 어쩔 수 없는 일들로 휘고 뒤틀린다. 그 기둥을 보며 이젠 나도 휘어지고 뒤틀린 나까지 담담하게 잘 보듬어주어야겠다는 마음이 일었다.

수승대에 가득 취하였다. 이렇게 멋진 모습을 혼자만 보는 것이 아쉽고 아까워 누구라도 부르고 싶다. 물가에 앉아 흐르는 물을 보아도, 흐르는 물에 비친 단풍을 보아도 다 한 폭의 그림이다. 가슴이 아름다움으로 풍성해졌다. 여행을 떠나길 참 잘했다.

이렇게 매일 행복하게 여행하는 나를 보고 어떤 사람들은 어떻게 그렇게 놀며 놀며 살 수 있느냐고 이야기 한다. 살아가는 것이 만만치 않은 세상에 팔자가 좋아서 그렇다고도 했다.

수승대의 경치에 젖어 가을이 담긴 물에 발을 담그고 앉아 생각해보니 정말 내 팔자가 상팔자인 듯하다. 부러울 게 하나 없다.

하지만 아무리 생각해도 놀며 놀며 하는 여행은 아니다. 아침 여섯 시에 일어나 스트레칭과 명상으로 하루를 시작한다. 종일 버스를 타며, 걸으며 여행을 하고 숙소로 돌아온다. 저녁에는 빨래를 하고, 그날의 여행을 기록한다. 하루 세 시간씩 하는 여행기록은 고행 중 고행이다. 짬을 내어 다음 날 일정을 확인한다. 스트레칭과 명상으로 하루를 정리하고 나면 자정이 넘어가기도 한다. 그제야 잠자리에 든다. 놀며 놀며가 아니라 하루하루가 수행이다. 좋아서 하는 것이라, 행복한 여행이기에 힘들다고 느끼지 않을 뿐이다.

그럼 나는 정말 팔자가 좋아서 이 여행을 하는 것일까? 물론 내가 여행을 할 수 있는 상황이 고맙기는 하다. 하지만 팔자가 좋아서는 아니다. 결코 나의 삶도 호락호락하지만은 않다. 사는 것 자체가 고(苦)라고 하는데 어찌 나의 삶만 다르겠는가. 하지만 나는 행복하게 여행하는 삶을 선택했고, 지금 행복하게 여행하고 있다. 나의 지론 중에 '할 수 있는 것은 할 수 있고, 할 수 없는 것은 할 수 없다'가 있다. 아무리 하고 싶어도, 아무리 걱정스러워도 나는 할 수 있는 것만 할 수 있다. 그러니 지금 할 수 있는 것에 최선을 다하며 살고자 한다.

나는 지금 수승대에 있다. 그 아름다움을 만끽하며 자연과 하나 되는 이 시간이 참 행복하다. 흐르는 물에 발을 담그고 앉은 지금 여기가 좋다.

그 / 림 / 일 / 기

상원사동종 몸통에는 하늘에서 내려오는
천사 주악 비천상이 새겨져 있다.
하늘하늘거리는 옷자락을 흩날리면서 악기를
연주하는 모습이 신비롭다. 유려하게 흐르는
선들이 그림처럼 세밀하다. 뛰어난 예술이다.

문수보살과 상원사

평창 오대산 상원사를 찾아갔다. 주말을 맞아 찾아온 많은 신도로 붐비고 있었다. 상원사는 지혜와 깨달음을 뜻하는 문수보살을 모신 사찰이다. 사찰을 세운 신라의 보천과 효명 두 왕자는 이곳에서 실제로 문수보살을 만났다. 그리고 보살이 현현한 그 자리에 상원사를 세웠다.

두 왕자만 문수보살을 만난 것이 아니다. 세조도 이곳에서 문수보살을 만났다. 단종을 그렇게 죽이고 죄책감에 몸이 약해져서일까? 세조는 몸에 종기가 심했다. 아무리 약을 써도 도대체 치료되지 않았다. 문수보살의 은혜를 받아 치료하고자 상원사로 오던 중 계곡에서 몸을 씻게 되었다. 세조가 몸을 담그고 있는 곳 가까이에서 동자승이 놀고 있었다. 동자승을 불러 등을 닦아 달라고 했다. 세조가 "왕의 몸을 보았다고 절대로 다른 사람에게 이야기하지 말거라" 하고 이르자 동자승은 "왕도 문수보살을 보았다고 절대로 다른 사람에게 이야기하지 마시오" 라고 했다. 세조는 깜짝 놀라 뒤를 돌아보았다. 어느새 동자승은 사라지고 없었다. 그리고 세조의 몸도 깨끗이 나았다. 그때 만난 동자승 문수보살이 지금 문수전에 모셔져 있는 국보 제221호 목조 문수동자 좌상이다. 그래서일까? 불교를 탄압하던 조선이었지만, 세조는 불경을 번역하고 불상을 조성하고 사찰을 세우며 불교의 발전에 많은 역할을 하였다.

신심이 가득한 신라의 두 왕자에게 나타난 문수보살은 이해할 수 있다. 그런데 그렇게 험하게 조카를 죽인 세조에게는 왜 나타났을까? 궁금하다. 그 몸을 치료까지 해주다니? 벌을 내려야 마땅할 인간인데 뭔가 불공평하지 않은가.

경우에 어긋나는 데도 자신의 뱃속을 챙기며 잘 살아가는 사람들이 있다. 보고 있으면 울화가 치밀기도 한다. 그냥 내 마음을 달래며 '똥이 무서워서 피하냐? 더러워 피한다'고 생각하지만 그래도 한편으로는 '하늘은 알겠지?' 한다. 그런데 우리의 믿음과 달리 세조는 벌을 받지 않았다. 도리어 치료를 받았다. 세조가 치료를 받았다는 사실이 영 마음에 들지 않아 상원사를 걸으며 내내 머릿속 한편을 차지하고 자꾸 나를 따라 다녔다. '세조는 왜 치료해주었지?'

상원사에서 가장 유명한 것은 국보 제36호 '상원사동종'이다. 종은 725년 신라 성덕왕 때 만들어졌다. 현재 남아 있는 종 가운데 가장 오래된 귀한 종이다.

상원사동종 몸통에는 하늘에서 내려오는 천사 주악 비천상이 새겨져 있다. 하늘하늘거리는 옷자락을 흩날리면서 악기를 연주하는 모습이 신비롭다. 유려하게 흐르는 선들이 그림처럼 세밀하다. 뛰어난 예술이다.

오래 여행을 하면서 전국의 종을 보아온 덕에 종을 보면 시대를 구분할 수 있게 되었다. 삼국시대의 종은 종 위에 음통(종 위에 있는 피리모양의 통)이 있다. 음통은 타종의 잡음을 걸러내어 종소리를 맑게 해준다. 또 삼국시대 종에는 악기를 연주하며 구름 위를 날고 있는 주악 비천상이 있다. 고려 시대의 종에서는 음통이 점차 사라진다. 그리고 종에 부처님 조각이 나타난다. 조선 시대의 종은 음통이 완전히 사라졌으며, 보살입상 조각이 보인다. 그리고 돌출된 가로선인 횡대가 나타난다.

상원사동종은 음통과 주악 비천상이 있는 삼국시대의 종이다. 음통과 종을 매다는 고리인 용 모양의 용뉴, 연꽃 모양으로 뛰어나온 연뢰(도들 꼭지), 연뢰를 싸고 있는 사각형의 연곽, 어깨띠와 입구 띠. 그 모양이 아름다우면서도 우리나라 종의 특징을 다 갖춘 한국을 대표하는 종이다.

이 귀한 종이 유리 안에 모셔져 있었다. 새로 만든 종이 바로 옆에서 상원사동종 역할을 대신하고 있다. 종은 울려야 종이다. 그런데 너무 귀한 몸이라 보호하기 위해 종을 울리지 않는다. 다만 귀히 모셔져 있었다. 존재하는 것 그 자체로 자신의 역할을 하고 있는 종이다.

존재하는 것 자체가 역할을 한다? 우리는 무엇인가 역할을 해야, 일을 해야 자신의 삶이 의미 있다고 생각한다. 그런데 아무 일도 하지 않고 모셔져 있는, 존재하는 것 자체가 역할인 상원사동종을 보며 '정말 삶의 의미가 일에 있는 것일까?' 의문이 일었다.

내 동생은 몸이 아프다. 그런데 병원에 다니지 않으려 하고, 쉬려고도 하지 않는다. 이 병원 저 병원을 찾아다니며 건강에 연연하는 것보다 지금 열심히 사는 삶이 중요하다는 것이다. 아픈 동생을 보면 걱정이 된다. 그러나 동생이 가치관이 뚜렷하고 최선을 다하여 삶을 살아가고 있다는 것을 안다. 걱정만 할 뿐 '병원을 가라!' '이제는 쉬어라!' 강하게 말을 할 수 없다. 그저 마음으로 기도하고 응원할 뿐이다.

그런데 유리 안에서 '존재하는 것 그 자체로의 삶'을 사는 상원사동종은 다른 이야기를 한다.

'아무것도 하지 않아도 의미 있다.'

'너는 너무나 소중해서 있는 그 자체가 의미야.'

'너는 내 곁에 있어주기만 하여도 돼.'

'너는 소중하니까 잘 돌보아주어야 해.'

동생에게 상원사동종의 이야기를 전해주었다.

"너는 소중하니까 잘 돌보아주어야 해. 너의 일보다 더 소중한 것이 바로 너야."

그리고 나에게도 이야기해주었다.

상원사동종과의 만남이 마음에 위로가 되고 힘이 된다. 역시 상원사동종은 울리지 않아도 국보급 위력이 있다.

상원사에서 나와 월정사로 내려오는 선재길을 걸었다. 선재는 화엄경에서 깨달음을 향해 나아가는 동자의 이름이다. 팻말이 옆에 서서 "선재길은 깨달음을 향한 길, 치유의 숲길"이라 알려주고 있다. 선재길은 걷기에 정말 좋은 길이었다. 흙과 돌과 나무와 물을 모두 밟으며 지친 몸을 회복하는 명약 같은 길이라 느껴졌다. 시원한 계곡의 물소리는 더위를 씻어줬다. 국민안전처에서 폭염주의보를 넘어 '폭염경보' 문자를 보냈는데도, 선재길은 더위를 몰랐다. 작은 폭포처럼 물이 떨어지는 곳은 서늘하기까지 했다.

가슴까지 맑아지는 물소리를 들으며 잎까지 진분홍색으로 물들인 꽃며느리밥풀을 바라보았다. 길을 따라 담뱃대처럼 생긴 담배풀, 예쁜 보라색 병처럼 생긴 꽃을 피우고 있는 병조희풀, 잎에 날개를 가진 나래박쥐나물, 그늘송이풀, 개시호, 도라지모싯대 등 계절에 맞추어 피어난 꽃들이 다복다복 피어 있다. 시원하고 아름다운 길을 행복하게 걸었다.

잠시 발을 식히려고 계곡에 발을 담갔다. 작은 물고기가 발을 간질이며 인사를 한다. 물고기들이 몰려와 고 작고 귀여운 입으로 나의 발을 핥았다. 간질간질 간지럽고 즐거워 해맑은 미소가 피어난다. 작은 나뭇가지로 몸을 둘러 싸맨 날도래 애벌레까지 발에 붙으려 한다. 물속에서 어린아이처럼 웃으며 행복하게 놀았다.

그때 문득 하루 내내 나를 따라다니던 세조의 이야기가 떠올랐다. 그리고 '그가 어떤 사람이든 병으로 고통받는 자는 모두 치료를 원한다. 그리고 당연히 치료해주어야 한다.'는 생각이 일었다. 이 작은 물고기들이 나를 행복하게 해주는 이유는 내가 예뻐서가 아니었다. 그들은 그저 자기 일을 하는 것뿐이었다. 그것이 불가에서 말하는 연기(緣起)가 되어 서로를 변화시켜가는 것일 게다. 자기의 죄업을 닦는 일은 세조의 일이다. 문수보살은 누구를 만나든 자비를 펼친다. 그러기에 보살이다. 계곡에 앉아서 작은 물고기들과 놀며 삶의 지혜 하나를 깨쳤다.

그렇다. 나의 삶에서도 상대방의 잘잘못을 따질 필요가 없다. 아니 할 수가 없다. 그의 잘잘못을 따지고 반성하는 것은 그의 몫이다. 나는 나를 돌아보며 내가 잘못하는 것은 없는지 성찰하는 것만 할 수 있다. 지금, 이 순간 나는 나의 삶을 살아가고 있는 것이다. 이런 상념에 젖어 폭염경보가 내린 35도가 넘는 더위 속을 두 시간 넘게 걸으면서도, 전혀 힘들지 않았다. 어느덧 월정사에 도착했다.

상원사에서 국보급 유물을 만나며 또 시원한 숲길을 걸으며 삶의 지혜를 얻고 많은 위로를 받았다. 마음이 동심처럼 맑아졌다. 나도 문수보살을 만났나? 문수보살을 실제로 보지는 못했지만, 왠지 내 안을 다녀가신 것만 같다. 문수보살이 세조의 등을 밀어주듯 내 마음을 씻어주고 간 것만 같다.

그런데 이렇게 쟁쟁한 보물과는 다르게 아주 소박하고
평범하여 눈에 띄지 않는 비석 하나를 발견하였다.
바로 의병장 고광순 순절비였다.

의병장 고광순 순절비를
바라보다가

지리산 피아골 캠핑장에서 3킬로 정도 깊이 들어간 곳에 구례 연곡사가 있다. 인도의 고승인 연기조사가 백제 544년 창건한 천년 고찰이다. 연곡이라는 이름은 처음 절의 터를 잡을 적에 큰 연못에서 물이 소용돌이치며 제비들이 노는 것을 보았다 하여 생겼다. 사찰을 돌며 쟁쟁한 보물들을 많이 보았다. 화강암을 세밀하게 깎아 만든 국보 53호 동승탑과 국보 54호 북승탑은 아름답기 그지없었다. 그 미세하고 유려한 새김은 돌이 아니라 나무를 조각한 것만 같다. 비석은 없지만 귀부와 이수(현각선사탑은 몸체인 비석은 사라지고 비석을 받치던 받침돌인 귀부와 비석의 지붕 역할을 하던 머릿돌인 이수만이 남아 있다) 만으로도 그 위용이 느껴지는 보물 152호 현각선사탑비, 보물 151호 삼층석탑과 보물 153호 소요대사탑도 보았다. 그런데 이렇게 쟁쟁한 보물과는 다르게 아주 소박하고 평범하여 눈에 띄지 않는 비석 하나를 발견하였다. 바로 의병장 고광순 순절비였다.

옆에 선 고광순 의사에 대한 설명글을 읽었다. 고광순 의사(1858~1907)는 나라가 망국의 조짐을 보이자 관직에 나가지 않고 항일 의병의 길을 선택했다. 그는 을사늑약이 강제 체결되

자 '호남의병대장'이 되어 남원, 광주, 화순, 순천 등지에서 자신
이 제작한 '불원복기'[태극 위에 不遠復(불원복)이라는 글자를 써넣
어 광복이 머지않음을 표시한 깃발]를 앞세우고 일본군에 맞서 싸
웠다. 형세가 불리해지자 연곡사에 들어와서 유격전을 폈다. 그
러나 일본 군경에 포위되어 집중포화를 받고 그만 장렬히 순국
했다. 며칠 뒤 마을 사람이 시신을 찾아 가묘를 하고, 다시 향리
로 옮겨 안장하였다. 그리고 훗날 1958년 구례 군민들이 뜻을
모아 돌아가신 자리에 순절비를 세워주었다고 적고 있었다. 현
재의 순절비는 2007년 구례군에서 단장한 것이었다.

뒷날 광양을 여행하며 왜병의 총칼이 무서워 아무도 거두지
않는 고광순 의병장의 시신을 수습하여 거둔 분이 매천 황현
선생이라는 것을 알았다. 황현 선생은 경술국치를 당하자 슬퍼
하며 음독하여 스스로 삶을 거두었다고 한다.

나라를 구하기 위해 총칼을 두려워하지 않는 결기, 나라를
잃은 슬픔에 자신의 목숨까지 버리는 단심이 이 땅의 후손인
나의 가슴을 묵직하게 했다.

고광순은 임진왜란 의병장 고경명의 종손이다. '의를 보고 몸
을 버림은 종기에 침 놓는 것 같고, 이익 따라 몸을 달림은 도둑
과 같다'는 좌우명을 삶으로 실천하며 살았다. 천석꾼 재산은
십여 년 의병 활동을 하며 모두 탕진됐다. 집도 왜병들이 다 태
워버려 폐가가 되고 말았다.

그분에 대해 알게 되며 의병장 고광순 순절비가 다르게 보였

다. 다른 비석에 비해 보잘것없이 이끼 긴 받침 위에 소박하게 서 있지만 결코 보물에 뒤지지 않을 가치가 있다고 느껴졌다.

　의병장 그리고 독립투사를 만날 때마다 생각해본다. 나는 과연 모진 고문을 견딜 수 있을까? 심하게 내리치는 매에도 "나는 대한민국의 독립을 원합니다!" 외칠 수 있을까? 뜨거운 불로 지지는 고통을 이겨낼 수 있을까? 고문은 둘째 치고 혹한의 날씨에 한데 잠을 자면서 나라를 위하여 싸울 수 있을까? 내가 이루어 놓은 재산이 다 타 없어지고 내 가족이 고통을 당하는 것을 참을 수 있을까? 나는 약하다. 하지만 여행을 하며 만난 우리 민족은 강하였다.

　진주 촉석루 옆에 세워진 3.1운동 기념탑에는 걸인들과 기생들까지 일어나 만세운동에 동참하였다고 기록되어 있다. 당장 먹을 것이 없어 생계가 막막한 걸인까지 목숨을 내놓고 만세운동을 하였다니? 전 세계 어느 민족에게서 이런 모습을 찾아볼 수 있을까?

　진주성을 지키다 죽은 김시민 장군은 "나는 충의를 맹세하고 진주성을 지켜 국가 중흥의 근본으로 삼을 것이니 힘을 합쳐 싸우면 천만의 섬 오랑캐인들 무엇이 두려우랴! 나의 엄지는 이미 떨어지고 식지와 장지로 활을 당기다 남은 세 손가락마저 떨어질 때까지 싸우리라."라 이야기하였다. 그렇게 삼천팔백 명의 군사로 끝도 없이 밀려오는 2만 왜군과 싸우다 숨졌다.

　이순신 장군은 경상도로 첫 출전 하면서 조정에 보낸 글에서

"한 번 죽을 것을 기약하고 곧 범의 굴로 쳐들어가 요망한 적들을 소탕하여 나라의 수치를 만분의 일이라도 씻으려 합니다. 성공하고 실패하고, 잘 되고 못 되는 것은 제가 미리 생각할 바 아님을 삼가 갖추어 아룁니다."라 하였다.

성공하든 실패하든 죽든 살든 옳은 것을 향하여, 나보다 더 큰 나인 나라를 향하여 내달아 가는 것이 우리 민족의 모습이었다. 지금 나는 약하지만, 우리 민족은 강하다는 것을 믿는다. 비상한 상황이 오면 나에게도 누구 못지않은 힘이 솟을 것이다. 여행하며 만난 우리는 그런 민족이었다.

의병장 고광순 순절비를 다시 바라보았다. 우리는 모두 죽는다. 누구나 맞이할 인생의 끝에 비록 초라한 순절비 하나로 남을지라도, 아니 아무 흔적 없이 흙에 묻혀 사라질지라도 나도 옳은 길을 걸어가야겠다는 마음이 일었다. 자랑스러운 선조들의 모습을 기억하며 나의 길에서부터, 나의 일상에서부터 한 발 한 발 그들의 걸음을 따라가야겠다고 생각했다.

여자 홀로, 여행한다는 것에 대하여

고성 청간정에서부터 시작하여
해파랑길을 따라 걸었다.

여자 '라서' 혼자 여행합니다

여성이 오랜 기간 홀로 여행한다고 나를 강한 사람으로 보는 사람도 있을 것이다. 하지만 나는 결코 그렇지 않다. 오히려 겁이 많고 자주 안절부절못하고 쉽게 두려움에 빠진다. 여행 중에 느낀 두려움은 대개 어리석은 우려였던 것으로 결론이 났지만 두려운 심리상태가 되면 나는 제법 심각했다.

고성 청간정에서부터 시작하여 해파랑길을 따라 걸었다. 청간정은 우람한 소나무 숲 사이에 있는 작은 정자이다. 청간정에서 사방을 둘러보는 모습이 참 멋졌다. 멀리 설악산에 우뚝 선 울산바위가 보이고, 앞으로는 누렇게 익기 시작하는 들판이 펼쳐져 있다. 장사 해변과 등대 해변도 아주 가까이 누워 있고 바다는 잔잔히 물결치고 있다. 사방이 다 다른 맛을 펼쳐 놓고 있어 잠시 자연을 호흡하며 쉬었다 가기 참 좋은 곳이다. 울산바위는 요즈음 속초와 고성 여행을 하며 계속 보아서 정이 들었다. 왠지 친근하다. 얼마 전에 걸었던 장사 해변과 등대 해변을 멀리서라도 보니 아는 척을 하고 싶다. 길을 걸었다는 것은 이렇게 그곳과 마음이 연결되는 것이다.

청간정에서 해변 쪽으로 나와 해안선을 따라 걷기 시작했다. 가을이 시작되고 있었다. 너무 덥지도 않고 바람도 선들선들 불어와 걷기에 딱 좋은 날이다. 동해안의 물은 볼 때마다 감탄하게 된다. 어찌 이리 맑을 수 있을까. 보석처럼 맑고 유리처럼 푸르다. 꼬마물떼새들이 모래를 콕콕 헤치며 모이를 찾고 있다. 작은 게들은 나에게 놀라 바쁘게 옆으로 도망간다. 한적한 듯, 그러나 치열한 해변이 계속 이어졌다. 예쁜 바다를 걷다가 조금 힘들면 바다가 보이는 카페에 들어가 커피 한 잔을 마셨다. 또 바다를 걷다가 배가 고프면 정자에 앉아 하늘하늘 불어오는 바람을 쐬며 준비해 간 간식을 바다와 함께 먹었다. 동해바다와 함께 거니노라면 마음이 푸른 물결처럼 맑아진다. 자유롭고 느리게 이어지는 이 한가한 일상이 바로 홀로 여행의 맛이다.

그런데 고성 해파랑길은 철조망이 쳐진 군사시설과 나란히 걷게 되기도 하고, 군사시설에서 살짝 열어준 문으로 들어가 해변을 만나게도 되어 있어, 사진을 찍거나 들어오면 300만 원 이하의 벌금을 낸다는 경고문을 자주 마주하게 된다. 이 문구를 보고 나면 대단히 조심스러워지고, 혹시 무슨 잘못을 저지르고 있지 않나 스스로 검열하게 된다. 천학정을 보러 가면서 일이 생겼다.

소나무가 빽빽하게 우거진 나지막한 산을 오를 때까지는 좋았다. 적송의 붉은 기운으로 숲이 환했다. 천학정을 만날 생각에 기분 좋게 산을 오를 때 멀지 않은 곳에 우람하게 잘생긴 소나무가 서 있었다. 그 소나무를 만나러, 길이 아닌 숲으로 걸어 들어갔다. 바로 그때였다. 갑자기 사이렌이 울리기 시작했다.

"애앵~ 애앵~ 애앵~"

사이렌은 금방 그치지 않고 계속 울려댔다. 불안해진 나는

'나 때문에 울리는 소리인가?'

라고 생각해보지만 별로 그럴 이유는 없는 것 같다.

'그럼 무슨 일이라도 일어났나?'

급하게 내려갈 길을 찾아보았으나 길이 보이지 않았다. 이쪽으로 내려가 보아도 길이 아니고, 저쪽으로 내려가 보아도 길이 아니었다. 사이렌은 계속 다급하게 성화를 했다. 바다를 지키기 위해 파놓은 구덩이 쪽으로 내려가 보았다. 여기도 길이 아니었다. 그 사이 사이렌은 계속 울려댔고, 나는 이리저리 우왕좌왕 길을 찾아 오르내렸다. 드디어 사이렌이 그쳤다. 신경을 자극하던 소리가 사라지니 좀 진정이 되었다. 마음이 안정되니 그 소나무를 보러 숲으로 들어가기 전에 보았던 길을 찾을 수 있었다. 겨우 찾은 좁은 길을 내려오자 천학정이 나타났다.(여행이 끝나고 다시 이 산을 찾아가 보았다. 예전과 달리 길이 아주 잘 정비되어 있었다. 밧줄로 내려가는 방향을 알려주고 있어 다시 길을 잃고 헤맬 일은 없을 것 같았다. 내 눈길을 끌었던 소나무는 수령이 1,100년이나 되는 대단한 소나무라고 했다. 또 만난 것이 반가워 꼭 안아주고 왔다.)

천학정은 아찔한 벼랑 위에 작게 세워져 있었다. 앞이 훤하게 트여 드넓은 바다가 한눈에 다 들어왔다. 시원하게 불어오는 바람을 맞아 흔들흔들 춤추고 있는 소나무 숲은 맑은 공기로 가득했다. 천학정에 앉아 동해의 잔잔한 푸른 바다를 바라보며 잠시 불안했던 마음을 달래었다. 쉬면서 주변을 둘러보니 특이한 모양의 바위들이 많이 보였다. 두 손 모아 기도하는 바위가 있고, 물 위로 올라오고 있는 듯한 물고기 모양의 바위도 있다. 두꺼비가 앉아 있는 것처럼 보이는 바위도 보인다. 이곳에 재미있는 이야기가 여럿 담겨 있을 것 같아 바위들을 엮어 이리저리 이야기를 맞추기도 하며 쉬었다. 서서히 사이렌이 불러온 긴장도 내려앉고 마음의 평안을 되찾을 수 있었다.

사이렌 소리는 싱겁게도 민방위 훈련 소리였다고 한다. 어이없다고 해야 하나? 천만다행이라고 해야 하나? 자라 보고 놀란 가슴 솥뚜껑 보고 놀란다고, 장총 들고 다니는 군인들을 보고, 경고성 글도 여러 번 읽다 보니 아무것도 아닌 것에 놀라 수선을 떨었다.

천학정에 앉아 잔잔한 바다를 바라보며 불안했던 마음을 달랜다고 달랬는데도 완전히 정상 궤도로 돌아오지는 못했는지 그곳에서 셀카봉을 잃어버리고 왔다. 혼자라는 사실이 사소한 일에도 필요 이상의 두려움에 빠지게 한다. 혼자라는 사실이, 그리고 내가 여성이라는 사실이 이런 심리적 불안을 증폭시키고 있다.

남자들은 어떨까. 이외수 문학관이 있는 화천 감성마을을 가는 길이었다. 버스는 군부대를 지나고, 군인들이 총 들고 서 있는 길을 달리고 있었다. 버스를 검문하기 위해, 얼굴에 검댕이 칠을 한 군인이 길을 막았다. 나는 가만히 무슨 일인가 살피고 있었다. 그런데 남자인 기사님은 아주 세게 나갔다.

군인이 "주민등록증 좀 보여주시겠습니까?" 물었다. "안 돼!" 기사님의 완강한 모습에 하는 수 없이 군인은 통행증을 주며 "가운데 하단에 붙여주시겠습니까?"라고 부탁 조로 바꾸었다. 이번에도 기사님은 손닿는 데 아무 데나 붙이며 "싫어!"라고 대수롭지 않게 대꾸했다. 기사님은 전혀 두려워하지 않는 모습이다.

그런데 왜 여자는 항상 두려울까? 여자도 여유를 즐기며 여행하고 싶은데. 여자도 두려움 없이 설렘만 가득 안고 여행을 떠나고 싶은데. 고성 해파랑길에서 싱거운 소란을 겪으며 여자도 홀로 안전하게, 행복하게, 그리고 여유롭게 여행할 수 있는 세상에서 살고 싶다는 강한 마음이 솟구쳤다.

그러면서 여자라서 두려운 것이 아니라 인간이 두려움을 느끼는 존재라는 생각이 들었다. 인류는 지나온 시간의 대부분을 싸우며 살았다. 매머드와도 싸우고 혹독한 추위와도 싸워 결국 살아남았다. 두려움을 느끼는 자는 도망을 가거나 협동을 하거나 다른 대비를 하거나, 나름의 방법을 찾았을 것이다. 아무 두려움 없이 나서는 자들보다 훨씬 생존확률이 높았을 것이다. 그런 유전자가 우리의 몸에 내재하여 있다. 두려움은 생존을 위협하는 상황이 닥치니 대비하라는 신호라 볼 수 있다. 결코 나쁘게만 볼 수 없는 감정인 것이다.

뒤돌아보면 여행 중에 느낀 두려움 중 대부분은 기우였다. 지나친 낙관은 금물이지만 지나친 두려움도 불필요하다. 자신을 안전하게 지키는 것도 필요하지만 유전자 정보에 붙들려 주저앉지 말고 용기 있게 떨치고 나설 필요도 있다.

용기에 생각이 이르자 다시 발걸음에 힘이 실렸다. 잔잔하게 밀려왔다가 자잘한 포말로 부서지는 파도가 비로소 눈에 들어왔다. 파도가 모래 위를 오가며 한 폭의 수묵화를 그려 놓은 것만 같다. 파란 물결 일렁이는 바다에는 하얀 섬들이 '형님, 아우님' 하며 앉아 있다(형제섬). 철 지나 아무도 없는 해변을 나 혼자 독차지하며 호젓하게 걸었다. 다시 느긋하고 여유 있는 홀로 여행자가 되어.

그 l 림 l 일 l 기

정애 씨와 만나며 여행이 갑자기 환해지기
시작했다. 마음 준비고 뭐고 없이 그냥 즐거웠다.
흥미진진 활력이 있었다.

비로소 떠날 수 있는 시간

　나는 여행을 하는 동안 누구든지 와서 함께 여행할 수 있다고 문을 열어놓았다. 혼자 여행하는 걸 힘들어하는 사람을 위해서였다. 여러분들이 시간이 되는 대로 찾아와 나의 여행에 합류하였다.

　정선에서는 정애 씨와 함께 여행했다. 독서 모임에서 같이 활동하는 분이다. 정애 씨를 만날 것을 그려보며 마음 준비를 좀 해야 한다고 생각했다. 사람과 사람이 만나 익숙해지기 전에는 분명 부담스러운 시간이 있을 테니까. 그러나 괜한 우려였다. 정애 씨와 만나며 여행이 갑자기 환해지기 시작했다. 마음 준비고 뭐고 없이 그냥 즐거웠다. 흥미진진 활력이 일었다.

　먼저 정선 최고의 맛집으로 소문난 델 찾아가 곤드레나물 정식을 먹었다. 그리고 스카이워크를 하러 아리힐스 전망대에 갔다. 그곳은 절벽 끝에 돌출된 유리 바닥을 걸어가 벼랑 아래 펼쳐진 한반도처럼 생긴 지형을 보는 곳이다. 혼자라면 절대 가지 않았을 것이다. 고소공포증이 있는 나는 엄두도 내지 못할 곳이다. 30여 년 만에 개방된 설악산 토왕성 폭포를 보러 갔을 때도 무서워 도저히 못 올라가고 중간에 발길을 돌려야만 했었다. 그런데 정애 씨와 함께하니 엉겁결에 그 높은 300미터 높이의 아찔한 곳에 내가 서 있었다.

용기를 내어 유리를 보호하는 덧신을 신었다. 난간을 잡고 벌벌 떨면서 스카이워크를 걸어갔다. 겁이 나니까 더 큰소리로 웃게 된다. 천진하게 웃으며 나름 스릴을 즐겼다. 한반도 지형이 저 아래 펼쳐져 있다. 그것을 배경으로 사진도 찍었다. 살짝 아래를 내려다보다 또 겁이 나 엄살 담긴 비명을 질렀다. 길지 않은 곳인데도 짜릿짜릿했고, 불안에 떨면서도 재밌는, 진정 스릴 넘치는 경험이었다. 스카이워크를 마치고 나니 왠지 옆에서 타는 짚라인도 탈 수 있을 것 같은 호기가 일어났다. 물론 호기로 그쳤지만.

이어 아우라지를 다녀와 저녁으로 정선에서 유명하다는 콧등치기를 먹었다. 이름이 참 특이하다. '콧등치기'는 무슨 음식일까 궁금했다. 그런데 알고 보니 너무나 싱겁다. 콧등치기는 춘천에서 자주 먹던 막국수의 사촌 정도 되는 국수였다. 막국수가 국수라면 콧등치기는 칼국수였다. 면발이 얇고 넓다. 약간은 덜 익은 것처럼 찰기가 진하다. 이 면을 후루룩 먹다 보면, 면발이 끊어지며 콧등을 친다고 콧등치기란다. 이름이 재미있어 먹는 내내 콧등을 쳐보려고 했다. 그런데 그게 아무나 되는 게 아닌지 한 그릇 다 비울 때까지 한 번도 콧등을 치지 못했다.

정선 오일장을 구경했다. 노다지를 캐던 화암동굴을 탐사했다. 카지노 체험을 하며 만 원을 벌기도 했다. 3일의 정선 여행을 마치고 돌아가며 정애 씨는 "혼자 영화 보는 거, 혼자 여행하는 거 다 시도도 못 했었다. 이제는 충분히 할 수 있을 것 같다."고

했다. 그리고 "여행을 위해 혼자 정선으로 오는 시간도 아주 좋았고, 차 없이 움직이는 여행도 즐겁다는 것을 알았다."고 했다.

홀로라는 것이 왠지 좀 뻘쭘하다. 혼자서 걷다 보면 옆구리 한쪽이 허전하다 느끼게도 된다. 혼자 하는 것을 꺼리다 보니 이제는 홀로 무엇을 한다는 것이 어색하고 두렵게 느껴지기도 한다. 그런데 일단 한 번 홀로 하는 것을 시도해보면 그 맛을 알게 된다. 그 홀가분함과 자유로움의 맛을. 그리고 당당함까지.

김이연의 수필 『여자가 자존심을 버린다면 그때 비로소 행복해질 수 있다』에서는 모든 여자의 영원한 꿈이 혼자 여행하는 것이라고 했다. 여자는 홀로 여행을 꿈꾼다. 그런데 갈 수 없었다. 여러 가지 이유가 발목을 잡아 주저앉혔다. 결혼하기 전에는 잘 키워 시집보내려는 부모님의 염려가 허락하지 않았다. 결혼하고서는 가정을 돌보고 아이들을 키우느라 시간을 낼 수 없었다. 아침에 일어나 얼른 밥을 차리고 아이들을 깨우고, 채근하여 등교시킨 후 서둘러 씻고 출근을 한다. 그리고 직장에서 일을 마치고 퇴근을 하면 또 집안일이 기다리고 있는 일상. 그렇게 바삐 지내다 보니 이렇게 나이가 들었다.

이제는 부모님의 염려도 없다. 아이들도 다 자라 나의 손길을 필요로 하지 않는다. 이제야 마음껏 홀로 여행을 떠날 수 있는 때가 왔다. 그런데 여전히 여자는 떠나지 못한다. 한 번도 떠나본 적이 없으니 불안해서 떠날 수가 없다.

그러나 일단 한번 떠나보자. 매일 반복되던 일상도 중요하지만, 생동감 있는 삶도 필요하다. 이렇게 새로움으로 가득한 세상을 향해 내가 왜 떠나려 하지 않았는지 그것이 오히려 의아해진다.

친구 나모와 함께 여러 날 남도 여행을 했다. 그녀가 가정을 떠나 내 여행에 동참한 것은 대단한 결심이었다. 남편과 함께하는 것이 아니라면 집밖에서 술 한 잔 기울여본 적 없던 그녀였다. 그녀 삶의 중심축은 남편이고 자녀였다. 그리고 또 하나의 축은 사회봉사였다. 그러던 그녀가 자신만을 위해 나의 여행에 합류한 것이다.

보길도에 갔을 때였다. 윤선도가 만든 세연정은 우리나라 3대 정원 중 하나로 손꼽히는 아름다운 정원이다. 동백꽃이 피고 져 나무에도 길에도 물에도 아름다운 동백이 흩날렸다. 그리고 바위와 연못, 정자가 어우러진 고풍스럽고 아름다운 정원에, 열어 올린 정자의 덧문으로 여러 폭의 산수화가 걸린 것만 같았다. 세연정이 마음에 들었다.

세연정과 윤선도의 흔적을 보고 나와 보길도 바닷가를 걸었다. 바다는 참 좋은 밭이다. 그곳 주민들이 바다에서 해초도 뜯고 굴도 따고 있었다. 바위에 다슬기가 우글우글 붙어 있고, 전복양식장과 김 양식장도 바닷가에 그득했다.

우리는 바닷가 널따란 바위에 올라앉았다. 시원스레 바닷바람을 맞으며 저절로 흥얼흥얼 노래가 흘러나왔다.

'목련꽃 그늘 아래서 베르테르의 편질 읽노라~'

'기약 없이 떠나가신 내 님을 그리며~'

'한 아이가 보았네! 들에 핀 장미화~'

친구가 시작하면 내가 따라 부르고, 내가 시작하면 친구가 따라 불렀다. 끝도 없이 이어지는 노래 속에 우리는 풋풋한 소녀로 돌아갔다.

배 시간을 맞추기 위해 일어나 걸었다. 보길도에는 항구가 없다. 노화도까지 가야 배를 탈 수 있다. 저 앞에서 버스가 막 떠나려 했다. 버스를 타면 쉽게 노화도 항구에 갈 수 있을 것만 같아 막 달려갔다. 가까스로 버스에 올라탄 우리는 서로 마주 보며 안도의 숨을 내쉬었다. 이 버스를 탈 수 있어서 정말 다행이라고 생각했다. 그런데 우쎄 이런 일이? 버스는 우리를 정반대 방향인 동천항에 내려주었다. 노화도에는 동천항과 산양항이 있는데 우리가 가야 할 곳은 산양항이라는 것을 그때야 알게 되었다. 해남 땅끝마을에 우리의 배낭이 있고 그곳으로 가려면 산양항에서 배를 타야만 한다. 동천항에서 떠나는 배는 완도로 간다고 했다. 큰일이었다. 지금 바로 가야 마지막 배를 탈수 있다. 보길도로 들어갈 때 만났던 택시 기사님께 전화하니 어떻게 그렇게 멀리까지 갔느냐고 타박만 했다.

바로 그때 한 중년의 여자가 승용차를 타려 했다. 우리는 애처로운 얼굴로 산양항 가는 길을 물어보았다. 사실은 길을 물어본 게 아니라 산양항까지 데려다 달라는 간절한 요구를 한 거였다. 그 마음이 전해졌는지 자신의 목적지는 아니지만 산양항까지 태워다준다고 했다. 천만 다행이었다. 하마터면 짐도 없는 이 노화도에서 하루를 잘 뻔했다.

중년으로 보였던 그녀는 일흔이 넘은 가톨릭 선교사였다. 그녀의 젊음이 놀라웠다. 스물일곱 살에 선교사가 되어 여러 지역에서 살다가 지금은 이곳에서 활동한다고 했다. "선교사는 전국에서 살 수 있는 아주 멋진 직업이다.", "좋아하는 선교 활동을 하니 아주 행복하다."고 했다. 모든 일을 긍정적으로 생각하고 행복하게 받아들이는 것이 젊음을 유지하는 비법이었다. 고마운 선교사님 덕분에 산양항에서 무사히 배를 탔다.

친구는 우리가 함께한 여행을 참 좋아했다. 나이를 잊고, 매일 웃고, 매 순간 생동감 있고 아름다운 여행이었다고. 그녀의 삶에 아주 좋은 선물이었다고. 그녀는 용기를 내어 여행을 떠나길 아주 잘했다고 말했다.

우리는 이제까지 딸로서 엄마로서 주부로서 열심히 사느라 떠날 수 없었다. 이제야 떠날 수 있는 시간이 되었다. 딸도 아니고 엄마도 아니고 부인도 아닌, 그 어느 것도 아닌 나로서 떠날 수 있는 시간이 되었다. 갱년기가 되어서야 비로소 떠날 수 있게 되었다.

이 시기를 놓치면 다시 또 기회는 오지 않는다. 후들거리는 다리로는 여행할 수 없다. 조금 더 있으면 아이들도 결혼하여 손주를 봐달라고 할 수 있다. 부모님도 연로해지며 우리의 손길이 필요한 시기가 된다. 병간호를 해야 할 뿐만 아니라 아픈 부모님을 두고 여행하기는 쉽지 않다. 내일은 없다. 지금이 바로 출발할 때다.

그 / 림 / 일 / 기

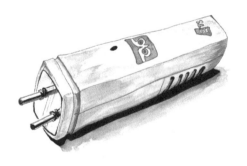

인터넷으로 구매한 전기충격기가 도착했다. 15센티 정도
크기의 분홍색 제품이다. 앞에 두 개의 스테인리스 막대가
돌출해 있었다. 보기에는 별것 아니었다. 스위치를 올려
작동을 해보았다. 보기와 완전 달랐다.

위험했던 순간은
없었냐고요?

여자 홀로 전국 여행을 떠난다고 하자 걱정하는 사람들이 많았다. 딸이 가장 심했다. 떠날 날이 가까워져 오며 없던 시어머니가 생긴 것 마냥 잔소리가 작렬했다.

"밤에는 돌아다니지 마!"

"절대로 위험한 곳은 가지 마!"

"남이 주는 것을 먹으면 안 돼!"

평소 존경하는 어르신은 도착하는 곳마다 파출소를 찾아가 여행자 보호 신청을 하라고 알려주었다. 어떤 친구는 사람 말다 믿지 말라고 했다. 다른 친구는 비상상황을 위해 호루라기를 챙겨주었다.

사람들의 우려를 들으며 나도 좀 걱정이 되기는 했다. 나름 여러 가지 호신 물품을 챙겼다. 가장 의욕적으로 준비한 것은 전기충격기였다. 십만 원이 훨씬 넘는 고가의 물품이라 다소 망설여지기도 했다. 하지만 소중한 나를 위해 그 정도 투자는 해야 한다고 생각하며 과감히 주문했다. 인터넷으로 구매한 전기충격기가 도착했다. 15센티 정도 크기의 분홍색 제품이다. 앞에 두 개의 스테인리스 막대가 돌출해 있었다. 보기에는 별것 아니었다. 스위치를 올려 작동을 해보았다. 보기와 완전 달랐다.

"찌리릿~ 찌리릿~"소리와 함께 일어나는 전기가 공포심을 일으켰다. '이것을 정말 쓸 수 있을까?' 걱정이 되기도 하지만 가방에 넣어 출발했다. 그리고 호신용 가스 스프레이와 호루라기를 준비하였다. 가스 스프레이는 전기충격기를 사고 사은품으로 받은 것이다. 립스틱 모양으로 생겨 들고 다니기 편했다. 쉽게 사용할 수 있도록 작은 가방 옆 주머니에 넣었다. 대나무로 만든 예쁜 호루라기는 핸드폰 지갑에 걸었다.

세 가지나 되는 호신용품을 가방 여기저기에 넣고 출발하였다. 그런데 그 어떤 것도 쓸 일이 없었다. 짐스럽기만 하였다. 결국 전기충격기는 가장 먼저 춘천 집으로 퇴출당하였다. 겨우 열흘 만에 말이다. 그나마 가스 스프레이와 호루라기는 있는 듯 없는 듯 불편스럽지 않아 함께 여행했다. 그렇지 않다면 역시 퇴출당했을 것이다.

여행에 위험할 뻔한 순간이 있기는 하였다. 청송에서 외씨버선길을 걸을 때였다. 두 걸음 정도 앞에 갑자기 뱀이 나타났다. 50센티 길이로, 두께는 내 엄지 정도의 크지 않은 뱀이다. 이 뱀이 딱 멈추어서 가지를 않았다. 조금 전 따라오는 개를 쫓기 위해 급히 집어 든 막대가 있었다. 그 막대로 땅을 탁탁 쳤다. 얼른 가라는 뜻이었다. 그런데 뱀이 화가 났나 보다. 고개를 빳빳이 쳐들고 나를 노려보았다. 20센티나 쳐든 몸에서 독기가 느껴졌다. 겁이 났다. 어찌할 수 없어 몇 걸음 뒤로 물러났다. 뱀과의 맞짱에서 결국 내가 지고 물러난 것이다. 그러자 뱀은 슬

슬 목을 내려 긴장을 풀고 사라졌다. 뱀은 사라졌지만 두려움은 거기 그대로 남아 있었다. 아직 더 산을 걸어가야 한다. 나뭇잎이 수북하게 쌓여 있는 길에 또 무엇인가 있을 것만 같다. 발걸음이 쉽게 내딛어지지 않았다. 막대기로 지뢰를 탐지하듯 나뭇잎을 헤치며 발 놓을 곳을 확인하였다. 그렇게 한 발 한 발 조심조심 걸어야 했다.

가장 위험했던 순간은 개와 마주쳤을 때였다. 삼척에서 해파랑길을 걸을 때다. 바닷길을 걷고 싶었는데 길은 자꾸 인적 드문 숲속으로 이어졌다. 산속에 있는 외딴집에서 개 짖는 소리가 들렸다. 놀라 걸음이 멈춰졌다. 걱정스러운 마음에 짤막한 나무토막 하나 집어 들었다. 나무토막으로 개를 어떻게 할 수는 없지만, 그냥 있을 수도 없는 것이다.

이미 많이 걸어 들어왔기에 뒤돌아 갈 수도 없다. 가기는 가야겠기에 앞을 향해 다시 걸었다. 사납게 짖어대는 개를 잘 지나쳐 걸었다고 생각하였다. 그런데 개는 더욱더 그악스럽게 짖으며 털이 스칠 듯한 가까운 거리까지 달려왔다.

'아아아 너무 무섭다!'

숲속이라 도와줄 사람도 보이지 않고 막막하고 난감했다.

'개의 주인은 어디 있단 말인가?'

'개를 이렇게 풀어 놓으면 어쩌란 말인가?'

오만 가지 한탄이 솟구쳤다. 개에게 적의를 보이면 안 될 것 같았다. 두려움도 보이면 안 된다. 눈을 마주치지 않으려고 앞에 있는 길을 바라보았다. 개의 눈을 극구 외면한 채 나무토막만은 개를 향해 힘없이 내밀었다. 나약하나 유일한 보호 수단이었다. 그리고 서두르지 않으면서 조금씩 걸었다. 가슴은 졸을 대로 졸았으면서도 태연한 듯 천천히 길을 걸었다.

하늘이 도왔는지 개는 맹렬히 짖기만 하고 더 이상 따라오지 않았다. 개가 보이지 않을 정도로 안전해지자 "후유 우우" 길게 한숨이 나왔다. 경각에 걸렸던 목숨을 건졌다. 완전 십년감수한 것만 같다. 이를 악물고 짖어대는 사나운 광기에 질려 그 자리에 주저앉을 뻔했다. 아무 일 없이 지나온 것이 천만다행이었다.

나는 평소 동물을 무서워하지는 않았다. 그런데 여행을 떠나기 불과 며칠 전에 집에서 기르던 고양이에게 심하게 물렸다. 한밤중에 피를 흘리며 응급실을 가야만 했다. 살갑게 지내던 고양이가 맹수로 변할 수 있다는 것을 처음 알았다. 먹이를 앞에 둔 호랑이처럼 사나워져 달려들었다. 그 이후로 동물에 대한 공포증이 생겼다. 이제 고양이가 저 앞에 앉아 있으면 삥잉 둘러 다른 쪽으로 돌아가야만 한다. 그런데 이렇게 개들과 맞닥뜨려야 하다니. 풀어져 있는 개를 볼 때마다 나의 가슴은 한바탕 두려움에 휩싸인다.

개들이 무섭게 다가오지 않는다고 해도 나는 무섭다. 영광 법성포 여행을 할 때였다. 점심을 먹고 후식으로 아메리카노 한 잔을 마시며 영광굴비 홍보전시관을 찾아갔다. 아직 점심시간이라 문이 닫혀 있다. 주위에 사람은 아무도 없고 작지 않은 검정개만 다가와 친한 척을 했다. 아주 가까이 다가와 내 다리의 냄새를 맡으면서 자꾸 따라다니는 것이다. 사나운 개로 보이지는 않지만 두려움이 일어났다. 가방에 새로 준비한 호신용 등산스틱이 하나 있다. 그걸 꺼내려고 손에 들었던 커피를 바닥에 내려놓았다. 그런데 이놈의 개가 나의 커피를 물고 간다. 다행히 뚜껑이 잘 닫혀 있어서 쏟아지지는 않는데, 커피를 물고 가는 개에게 뭐라 말해야 할지 모르겠다. 겁이 나 크게 소리치지도 못하겠다. 들릴까 말까 한 작은 소리로 "야~ 야~" 하다가 그냥 바라보고만 있었다. 계속 따라다니던 검정개는 나의 커피를 물고 이제 건물 뒤쪽으로 사라져버렸다.

'이 무슨 일이지?'

'개가 커피를 마시려고 가지고 갔단 말이야?'

'저 개가 내가 완전 허당이라는 것을 알아보고 나를 우습게 여기나?'

사람도 아닌 개에게 커피를 강탈당했다. 개가 커피를 빼앗아 갔다고 말하면 그 누가 믿어줄까. 나도 황당하여 바라만 보고 있었다. 다시 뺏으려고 하면 혹시 저 개가 사납게 돌변하는 것은 아닐까 걱정이 되어, 빼앗는 것은 생각도 할 수 없었다.

여수에서 만나 친구가 된 화가가 알려주었다. 소시지를 가지고 다니라고. 개는 먹이를 준 사람을 절대로 물지 않는다고. 친구의 말을 듣기 전에는 개 퇴치용으로 등산용 스틱을 가지고 다녔었다. 그 이후부터는 항상 가방에 소시지를 넣어서 다녔다.

위험에 대비하여 사람에 대한 호신용품만 챙겨 출발했다. 정작 두려운 것은 사람이 아니었다. 말이 통하지 않는 짐승이었다. 한 번도 호신용 도구를 써보지 않았다. 파출소에 가 여행자 보호를 요청한 일도 없다. 일부러는 아니지만 필요하면 밤에도 다니게 되고, 혼자 산을 넘기도 했다. 배고픈 상황에 누군가 음식을 주면 안 먹기는커녕 감사하며 넙죽 받아먹었다. 그래도 아무 일이 없었다. 오히려 고마운 도움을 수없이 많이 받았다.

"밥에는 돌보다 쌀이 많다"는 말이 있다. 걱정과 우려를 하지만 세상에는 나쁜 사람보다 좋은 사람들이 많다는 뜻이다. 밥에 있는 하나의 돌이 밥맛을 다 잃어버리게 만들 수도 있지만, 엄연히 밥에는 돌보다 쌀이 더 많다.

그래도 여행을 하며 자신을 보호하기 위한 최소한의 대비는 필요하다. 그동안의 여행 경험을 토대로 생각해볼 때 가장 좋은 호신용품은 휴대폰이다. 혹 괴한을 만났다고 가정을 해보자. 마치 지금 통화하고 있는 것처럼, 가까이 사람이 있는 것처럼 위장할 수 있다. 영상통화를 하여 상황을 그대로 보여줄 수도 있다.

휴대폰과 더불어 비상상황에 언제라도 전화를 할 수 있는 사람을 정하는 것도 필요하다. 내가 전화를 걸어 상황에 안 맞는 이야기를 하더라도 끊지 말고 들어달라고, 위험 상황을 기관에 알려 달라고 미리 말해 놓는 것이다. 그리고 휴대폰 화면에 누르기만 하면 그 사람과 연결될 수 있도록 저장한다.

휴대폰으로 사진을 찍는 것도 필요하다. 사진은 상황을 전달할 수 있을 뿐 아니라 현재의 위치와 시간 정보도 실어 보낸다. 나는 사진을 찍는 대로 바로 클라우드에 저장되도록 하여, 카메라가 손상되더라도 사진이 클라우드에 남아 있도록 하였다.

그리고 누군가에게 위험을 알리는 호루라기와 막대기로도 사용할 수 있는 등산용 스틱 하나 정도는 있는 것이 좋다. 개를 위해 소시지도 필요하다.

나처럼 홀로 여행을 떠나려는 사람들이 있다면 안전한 여행을 위해 휴대폰, 연락받을 사람, 호루라기, 등산용 스틱 그리고 소시지 정도의 준비물은 챙길 수 있기를 바란다.

그/림/일/기

방에 들어가려고 프런트에서 받은 열쇠로 문을 열었다.
검은색 굽이 높은 구두와 남자 신발이 산만하게 널브러져
있었다. 순간 이게 어찌 된 일인가 황당했다. 잠시
머뭇머뭇했다. 호실 번호를 확인해보았다.

여행의 처음과 끝,
모텔 살이

여행은 모텔에서부터 시작된다. 모텔을 들어
선다. 뒤로는 큰 배낭을 지고 앞으로는 작은 배낭을 메고 있다.
큰 배낭에는 여행을 위한 모든 살림이 들어 있다. 작은 배낭에
는 매일 움직이며 사용하는 물건들이 들어 있다. 대부분의 모텔
사장님들은 여행자를 알아보았다. 앞뒤로 지고 멘 모습을 보고
대체로 잘 대해줬다. 사흘 숙박을 조건으로 흥정을 시도한다.
약간은 저렴한 가격으로 조정해주는 사장님들이 고맙다. 방으
로 들어선다. 모텔 방을 내가 사는 집으로 만들기 위해 짐들을
풀어놓는다.

큰 배낭에는 입을 것, 끓여 먹을 수 있는 간단한 주방 식기,
세면도구, 충전기 등의 전기 제품, 조금의 책 그리고 카메라와
작은 노트북이 들어 있다. 여기에 더해 빨래걸이와 잎차까지 있
다. 이것들만 있으면 어디를 가더라도 편안한 생활이 가능하다.
식사가 가능하게 도와주는 라면기와 몇 개의 식기는 장식장 위
에 올려놓는다. 속옷 주머니 하나와 겉옷 주머니 하나는 침대
한편에 둔다. 마지막으로 매일 빨아 널어야 하는 빨래를 위해
빨랫줄을 건다. 이제 모텔은 나의 집이다. 잠을 자고 아침과 저
녁을 먹고 글을 쓰기도 하는 새 보금자리이다.

여자가 혼자 모텔에서 잠을 자는 일은 흔치 않다. 나도 이 여행 전에는 모텔에서 홀로 잔 일이 없었다. 성주에서 처음으로 모텔에 들어갈 때는 많이 어색하고 불편하였다. 사람은 적응의 동물이다. 두 번째로 칠곡의 모텔을 들어가면서는 벌써 노련해졌다. 모텔비를 좀 깎아달라고 할 정도가 되었다.

아마 나보다 더 전국의 모텔을 섭렵한 사람은 없을 것이다. 542일을 여행하며 거의 전국의 모텔에서 잠을 잤다. 여러 모텔에서 머물렀기에 추억도 많이 생겼다.

증평 모텔에서는 난감한 일을 당했다. 일기가 심히 불순한 날이었다. 바람도 심하고 비도 거셌다. 하루의 여행을 마치고 모텔로 돌아오는 길이었다. 하늘이 뚫렸나 보다. 억수같이 비가 쏟아져 내렸다. 우산도 소용이 없었다. 옴팡 젖은 채 겨우 모텔에 돌아왔다. FM 라디오를 틀어 음악을 들으며 지친 심신을 달래었다. 샤워하면서 젖은 옷을 다 벗어 빨았다. 빨래하며 들으니 라디오의 음량이 조금 크다고 느껴졌다. 복도에 사람들이 오가는 소리까지 들려왔다. 큰 음량이 미안스러웠다. 굳이 목욕탕을 나와 방문을 닫았다. 그러지 말았어야 했다. 안 그래도 되는데. 지나친 배려가 화를 불러올 줄이야…….

샤워와 빨래를 마쳤다. 방으로 들어가려고 문손잡이를 돌렸다. 방문이 열리지 않았다. 이를 어쩐다냐? 난감 난감하다. 요즈음 모텔이라면 방 안에 욕실이 있다. 이 모텔은 구식 구조였다. 밖에서 문을 열고 들어오면 정면에 목욕탕 문이 있다. 그리고 쪽문처럼 방으로 들어가는 문이 왼편에 있다. 그 방문이 잠겨버린 것이다. 옷은 다 벗어 빨래한 상태이다. 샤워를 마쳐 물이 흐르는 몸이다. 다시 문을 이리 돌리고 저리 돌려보았다. 꿈쩍을 하지 않았다. 전화기도 방 안에 있다. 사람을 부를 수도 없다. 스스로 문제를 해결해야만 한다. 마음을 진정시키고 주위를 둘러보았다. 문을 열 만한 도구를 찾아야 한다. 아이스커피에 딸려 온 빨대가 보였다. 빨대를 납작하게 만들어 문과 문틀의 틈을 쑤셔보았다. 위아래로 움직이며 아무리 쑤셔보지만 문은 열리지 않았다. 빨대는 실패다. 다른 도구가 없을까? 욕실에 무엇이 있겠는가. 샴푸와 비누와 샤워타올 그리고 수건뿐. 아! 치약이 있다. 치약이라면 가능할까? 치약의 뒷부분을 납작하게 만들었다. 틈에 끼워 넣고 쑤셨다. 별로 열릴 기색이 없다. 치약도 안 되면 이 몸으로 사람을 불러야 할 판이다. 그럴 수는 없다. 다시 한번 최선을 다해보자! 치약 뒷부분을 더욱더 납작하게 만들어 또 쑤셨다.

와! 성공이다! 드디어 문이 열렸다. 쑤시기만 하다가 문손잡이를 돌리며 쑤셔보았다. 별일 없었다는 듯이 부드럽게 문이 열렸다. 사람을 부르지 않고 닫힌 방문을 연 것이다. 이렇게 싱겁게 열릴걸, 왜 그리 애를 태우게 하고서야 열린단 말인가? 샤워를 한 몸이 한바탕 땀으로 범벅이 되고 말았다. 또다시 샤워를 하며 나의 여행에서 가장 난감한 모텔이 증평 모텔이라고 생각했다.(블로그에 실린 나의 글을 읽고 증평 모텔에서 메일을 보냈다. 이제는 건물을 새롭게 리모델링하여 전과 같은 불편이 없어졌으니 다시 한번 방문해 달라고 하였다.)

철원 모텔에서는 아주 융숭한 대접을 받았다. 사장님은 나의
여행을 궁금해했다. 늦은 밤까지 여행에 대한 많은 이야기를 나
누며 친구가 되었다. 다음 날 아침, 집밥을 차려준다고 내실로
오란다. 손수 캐서 말려 볶았다는 둥글레를 끓인 차를 먼저 내
어놓았다. 따스하고 구수하고 맛났다. 한 손으로는 들기도 힘
든 커다란 복숭아를 먹었다. 올갱이 아욱국과 우엉 장아찌, 깻
잎장아찌, 계란 프라이, 볶은 김치를 반찬으로 정이 듬뿍 담긴
아침상을 대접받았다. 친구가 차려준 건강한 집밥을 먹으며 시
작하는 하루가 아주 든든했다. 그리고 차도 없고 인맥도 없는
나로서는 출입이 불가능한 민통선 안 통일촌을 태워다주었다.
온종일 운전을 해주고 철원 해설도 해주었다. 다음 여행지인
연천까지 편안하게 나를 데려다주고 철원으로 돌아갔다.

의정부 모텔에서는 당혹스러웠다. 방에 들어가려고 프런트
에서 받은 열쇠로 문을 열었다. 검은색 굽이 높은 구두와 남자
신발이 산만하게 널브러져 있었다. 순간 이게 어찌 된 일인가
황당했다. 잠시 머뭇머뭇했다. 호실 번호를 확인해보았다.
'옴마야!' 내 방이 아니었다. 옆방 문을 열었던 것이다. '어찌
해야 하나?' 너무 놀라 허둥대면서도 누가 들을세라 조심하며
사아알짝 문을 닫았다. 그리곤 도망치듯 내 방을 찾아 들어갔
다. 방에 앉아 생각해보았다. 무슨 일이 있었나? 두 사람이 묵

고 있는 옆 방문을 열어놓고 잠그는 것은 생각도 못 한 채 도망
온 것이다. 혹시 CCTV로 나를 찾아내어 난리를 하는 것은 아
닐까? 걱정이 되기도 했다. 또 내 방 열쇠로 옆 방문이 열린다
는 것은 다른 사람이 내 방을 열 수도 있다는 뜻이 아닐까? 잠
을 자기는 자야겠는데 그냥 잘 수도 없다. 문을 다 열어놓고 자
는 것만 같았다. 방법을 궁리하다 방 안의 의자로 문 앞을 막아
놓았다. 그 위에 큰 배낭을 얹어 무게를 더해 눌렀다. 그러고야
잠을 청했다. 불안한 밤이었다.

전국을 돌아다니며 모텔을 나의 집 삼아 살았다. 새로운 여
행지에 도착하여 처음으로 찾아가는 곳이 모텔이다. 그리고
여행을 마친 후 다른 여행지로 옮겨 가기 위해 마지막으로 나
오는 곳도 모텔이다. 그곳에서 고마운 마음을 만났다. 여행을
위한 준비를 하였다. 하루의 여행을 마치고 와 쉼의 시간을 가
졌다.
'머무는 모든 곳의 주인이 되어라'라는 말이 있다. 주인처럼
모텔에 머무르면서 쌓여 있던 때를 닦아주었다. 그 순간 모텔
은 변화했다. 나를 보호하고 보장하는 공간이 되었다. 그래서
일까? 여행을 마친 지금도 내 마음속에는 전국에 집이 있다.

홀로 하는 여행은 무엇보다도 자유로움이 있다.

홀로 여행을 위한 TIP 1
– 계획 세우기

 홀로 여행을 떠나는 사람들이 늘어나고 있다. 혼자 여행을 해본 사람은 안다. 그 자유로움과 생동감과 여유로움을.

홀로 하는 여행은 무엇보다도 자유로움이 있다. 갑자기 가고 싶은 곳이 생기면 아무 주저 없이 떠나면 된다. 마음이 이끄는 대로 자유롭게 따라가면 되는 것이다. 가기로 계획했던 곳도 얼마든지 바꿀 수 있다. 그로 인해 꿈도 꾸지 못했던 새로운 여행이 바로 시작될 수 있다. 둘 이상이 함께 하는 여행도 물론 좋다. 그것은 그것대로 좋은 점이 있다. 그러나 홀로 여행에서 나는 더 자유롭게 내가 보고 싶은 것, 가고 싶은 것, 하고 싶은 것을 보고, 가고 했다. 이것이 홀로 여행의 최대의 장점이다.

홀로 여행은 또 내 속도로 여행할 수 있다. 시간에 쫓기지 않고 내가 원하는 대로 하면 된다. 좀 더 오래 바라보고, 좀 더 느리게 걸으며 나만의 리듬으로 여행할 수 있다. 나는 길옆에 피어난 들꽃 앞에 한참 동안 주저앉아 시간을 보내기도 했다. 우연히 만난 사람과 수다를 떨기도 했다. 똑같이 들꽃을 좋아하고 낯선 만남을 좋아하는 것은 아니다. 옆에 있는 사람이 눈치를 주기도 한다. 미안한 마음에 안색을 살피다 보면 마음에 그림자가 지기 시작한다. 홀로 여행에서는 적어도 그런 일은 일어나지 않는다.

홀로 여행은 맘껏 사유할 수 있다. "여행을 한 마디로 줄이면 철학"이라 말하는 사람을 여행길에서 만났다. 그는 여행하며 많은 생각을 하게 되고 깊이 사색에 빠지게 된다고 했다. 다른 환경은 새로운 뇌를 자극한다고 하지 않는가. 평소와 다른 것을 보게 되고 새로운 생각을 하게 된다. 하나만 생각하다가 둘을 생각하고 셋도 알게 되니 나와는 다른 관점에 대해 이해하고 받아들이기가 쉬워진다. 우연히 만난 누군가를 통해 저 마음 한구석에 눌러두었던 지난 아픔과 상처를 들춰내기도 한다.

진정으로 홀로 되어 선 사람만이 더불어 온전히 둘이 될 수 있다. 불안한 하나가 둘이 된다고 부족함을 채우고 온전해질까? 그렇지 않다. 더 힘겹다. 자신 안에 남아 있는 해결되지 않은 상처와 아픔은 언제라도 상대에게 날을 세울 수 있다. 홀로 온전할 수 있어야 둘도 행복하게 만들어간다. 홀로 여행은 홀로 온전히 서는 것을 배울 수 있는 가장 즐거운 방법이다. 그래서 홀로 여행을 떠나는 사람들이 점점 늘어나는 것일 게다.

그런데 한 번도 혼자 움직여본 일이 없는 사람이 느닷없이 홀로 홀홀 여행을 떠나기는 어렵다. 우리의 뇌는 익숙하지 않은 것은 다 불편하고 불안하게 받아들인다. 홀로 여행하는 것도 훈련이 필요하다. 처음엔 나도 혼자라는 것이 두렵고 힘겨웠다. 그러던 내가 전국을 홀로 떠돌았다. 연습하고 몸에 익히니 나 같은 겁쟁이도 가능했다. 모든 사람은 다 홀로 여행할 수 있다.

춘천 버스 여행을 했던 기억이 있다. 무작정 시내버스 종점을 찾아가 맘에 드는 행선지를 향해 올라탔다. 내가 사는 곳인데도 여행을 한다는 마음에 모든 것이 새롭게 느껴졌다. 버스는 춘천 시내를 돌아 춘천댐을 건너 신포리를 지나고 화천 경계까지 갔다가 돌아 나왔다. 정류장에서 버스를 기다리고 있는 사람들의 무심한 표정. 추운 날씨에 불씨 하나 가운데 두고 모여 앉은 노점상 할머니들. 얼음이 얼기 시작하는 북한강가에서 한가로이 노니는 논병아리. 내가 사는 춘천이 더욱 진하게 가슴 속으로 들어왔다.

지금 살고 있는 지역부터 홀로 여행 연습을 한 후 점점 영역을 넓혀가는 훈련을 해보자. 다음으로는 편안하게 생각되는 지역을 가보면 좋겠다. 예를 들어 전에 살던 곳이라든지, 고향이라든지.

혼자가 영 힘들다면 누군가를 따라 가보는 것도 좋은 방법이다. 이미 여행하고 있는 사람들을 찾아가 함께 여행할 수 있다. 가까운 친구와 둘이 여행을 떠나볼 수도 있다. 나도 앞으로 정기적인 여행을 할 예정이다. 혼자 하는 여행을 힘들어하는 분들이 많이 동참하여 함께하며 홀로 여행하는 힘을 키웠으면 좋겠다.

'나는 홀로 ○○○을 여행하겠다'라고 구체적인 꿈을 갖는 것도 중요하다. 꿈을 갖고 그렇게 하고 싶다고 항상 생각하노라면 벌써 그곳에 가 있는 나를 발견할 수도 있다. 나는 아예 꿈이 이루어진 것처럼 '내 꿈 ○○이 이루어져서 감사합니다'라고 기도를 한다. 나의 뇌를 이미 이루어진 것처럼 세뇌하는 것이다. 믿는 대로 된다는 말도 있지 않은가. 일단 정말 가보고 싶은 곳을 정하자.

그리고 한 발 더 나아가 주위 사람들에게 '나 언제 혼자 ○○○을 여행할 것이다' 하고 알리자. 만나는 사람마다 미리 자랑하는 것이다. 그러면 여행이 기정사실이 되어 내가 떠나지 않으면 안 되게 도와줄 수 있다.

나도 동남아 배낭여행을 그렇게 출발했다. 대안학교에서 두 달간의 안식 휴가가 생겼었다. 같이 근무하는 선생님이 휴가 동안 무얼 할 거냐고 물었다. 특별하게 계획한 것은 없었다. 문득 방학 동안 배낭여행을 다녀온 분의 이야기를 부러워했던 기억이 스쳐 갔다. 불쑥 동남아 배낭여행을 할 것이라는 대답이 튀어나왔다. 그런데 한 달 후 나는 딸, 아들, 동생과 함께 커다란 배낭을 지고 정말 태국 방콕의 카오산 로드를 걷고 있었다. 난생처음 해보는 배낭여행을 좌충우돌 벌여가고 있었다. 꿈은 앞에서 끌고 나가고, 공개 발표는 뒤에서 밀어준다. 널리 널리 홀로 여행을 떠날 것이라고 소리치자.

이제 가고픈 곳을 정하고 알리기까지 했다면 구체적인 계획을 세울 차례다. 그런데 계획도 무얼 알아야 세울 것 아닌가. 내가 가고픈 곳이 어떤 곳인지 조금은 공부를 하는 것이 필요하다. 아는 만큼 보인다. 알고 가는 것과 모르고 가는 것은 여행의 질적인 면에서 차이가 크다. 도서관을 뒤져가며 인터넷을 서핑하며 정보를 찾아 공부한다. 그리고 구체적으로 무엇을 보고 싶은가? 어떻게 여행할 것인가 정해야 한다. 무작정 길거리를 걸어보고 싶을 수도 있다. 멋진 풍경을 보고 싶을 수도 있다. 역사나 문화 또는 인물이 궁금할 수도 있다. 목적에 맞게 구체적인 계획을 세운다.

그런데 계획이 꼭 완벽해야 하는 것은 아니다. 너무 철저한 준비는 지레 지쳐버릴 수도 있다. 계획 세우기도 여행의 중요한 과정이다. 천천히 발견하며 즐겨야 한다.

전국 여행을 계획하며 우리나라에 몇 개의 시·군이 있나 찾아보았다. 경기도에는 몇 개. 충청도에는 몇 개……. 쭉 적어놓고 더해보니 100개 정도 되었다. 100개에 3일을 곱하면 300일. 한 일 년 걸리겠군, 생각하며 경비도 마련했다. 그런데 웬걸! 1년을 여행했는데 반도 다 마치지 못했다. 다시 정신을 차리고 더하기 계산을 해보았다. 100은 잘못된 계산이었다. 우리나라의 시군은 162개나 됐다. 중간에 더 머무는 곳도 생기고, 춘천으로 꼭 돌아와야 할 일도 있었으니 여행 기간은 점점 늘어났다. 햇수로 3년이나 걸렸다. 이렇게 어수룩해도 여행을 할 수 있다는 것을 증명했다고 해야 하나. 나의 어리숙함이 모두에게 용기가 될 것이다. 공부는 모자랐지만 내가 원하는 것을 하고프다는 불타오르는 열정으로 여행을 진행했다.

여행을 계획하며 이번 여행은 매일매일을 기록으로 남기고 싶었다. 아무도 시도해보지 않는 새로운 여행이었다. 좀 더 의미 깊게 이 여행을 만들고 싶었다. 그런데 한 번도 글을 써보지 않아 글을 쓰는 데도 준비가 필요했다. 글쓰기 연습을 하기 위해 두 가지 방법을 시도했다. 독서 모임을 하는 것과 매일 일기를 쓰며 기록하는 습관을 들이기였다. 때마침 춘천 동내도서관에서 새롭게 독서팀을 꾸리고 있었다. 도서관의 지원도 빵빵했다. 우리가 도서를 선정하면 춘천 관내 모든 도서관을 다니며 책을 구해다 주었다. 그래도 모자라면 새 책을 구매해주었다. 글쓰기 특강을 듣지는 못했지만 내가 할 수 있는 한에서 준비했다.

사진으로 기록을 남기고 싶은 사람은 사진 찍기나 포토샵을 배울 수도 있다. 요즈음은 실시간 영상으로 여행을 남기기도 한다. 나는 50대 아줌마라 문자화된 글이 익숙했다. 취향에 맞는 방법을 찾아 준비하면 될 것이다.

체력 준비도 필요하다. 홀로 여행에서 나는 나 스스로가 책임져야 한다. 체력이 부족하여 힘들면 아무리 경치 좋은 곳에 앉아 있어도 찌그러진 얼굴이 된다. 나는 체력을 기르기 위해 근무하는 곳까지 한 시간 되는 거리를 걸어서 출근하고 퇴근했다. 가끔은 짐이 든 가방을 메고 산을 올라보기도 했다. 아침 저녁으로는 스트레칭과 명상을 했다. 이렇게 준비를 해서일까? 크게 아픈 일 없이 여행을 마쳤다. 오히려 여행을 마치고 집에 돌아와 감기네 몸살이네 병치레를 했다.

홀로 여행을 위한 TIP 2
– 준비물 챙기기

　　여행을 준비하는 과정에서 중요한 것 중 하나는 경비 마련이다. 물론 돈이 없어서 여행을 못 하는 것은 아니다. 무전으로 전국을 여행하는 사람도 있으니까. 하지만 나는 무전여행은 아예 생각해보지 않았다. 누군가에게 폐를 끼칠 수도 있는 상황이 불편하게 생각됐기 때문이다. 원하지는 않았지만 우리는 이미 자본주의에 익숙해져 있다. 정당한 대가를 지불하고 받는 게 마음이 편하다.

　　하루 여행경비를 계산해보았다. 숙박료 사만 원, 식비는 한 끼에 오천 원이라 생각하면 세 끼에 만 오천 원, 차비 오천 원. 벌써 육만 원이다. 한 달이면 백팔십만 원. 적은 돈이 아니다. 하지만 돈은 있다가도 없어지고 없다가도 생기기도 하는 것. 꿈을 위한 투자는 밑지는 장사가 아니다. 경비를 마련하기 위해 돈을 벌어야 했다. 평소 최소로만 하던 일의 근무시간을 늘렸다. 매달 적금을 부어 자금을 마련했다.

　　이제 돈도 준비되었고 떠날 날이 다가온다. 준비물을 챙겨보자. 짐을 등에 메고 다녀야 한다. 그러므로 최소한으로, 되도록 가벼운 것으로 준비한다. 옷도 매일 빨아서 입어야 하므로 가장 빨리 마르는 재질의 것을 찾아야 한다.

홀로 여행을 위한 준비물

1. 배낭
- 45리터 1개, 20리터 1개

큰 배낭에는 일상 생활용품을 넣는다. 작은 배낭에는 하루 여행에 필요한 것을 넣는다. 평소에는 작은 배낭만 메고 다니다가 지역을 옮기는 날에만 뒤로는 큰 배낭을 앞으로는 작은 배낭을 메고 이사를 한다. 처음에는 아주 커다란 캐리어에 짐을 넣어 여행을 출발했었다. 다음 여행지로 이사하기 위해 버스에 캐리어를 올렸다 내렸다 하며 너무나 무겁고 팔이 심하게 아팠다. 결국 짐을 줄이고 큰 배낭으로 대체했다.

2. 세면용품과 화장품
- 클렌징폼, 수건, 손수건, 선크림, 보습크림, 립크림, 빗

여러 종류를 가지고 다니기 힘들어 세제는 클렌징폼 하나로 통일했다. 짐가방에 여유가 있으면 하나하나 용도에 맞게 나눠 사용하겠지만 짐을 줄이는 것이 필요하다. 클렌징폼으로 머리부터 얼굴, 발끝까지 씻어도 잘 씻을 수 있다. 왜 그리 용도를 나누어 놓았는지 이상하게 느껴지기도 했다. 선크림은 필수이다. 기타 화장용품은 필요한 것을 가장 소량 챙기면 된다. 이미 이 길 위에 있는 것이 멋지기에 너무 단장하지 않아도 충분히 예쁘다.
수건은 작은 것(가로세로 30센티 정도 잘 마르는 것) 하나만 준비한다. 대부분 숙소에서 제공하지만, 비상용으로 준비하는 것이다. 산티아고 순례길에서는 가지고 간 수건을 파리 숙소에다 두고 가 행주만 한 작은 수건으로 한 달을 여행했다. 손수건도 있으니 그다지 어려움이 없었다.

3. 속옷

- 팬티 2개, 러닝셔츠 2개, 양말 2개, 브래지어 1개, 속옷 주머니 1개

입은 것을 제외하고 팬티, 러닝셔츠, 양말까지 각 종류를 딱 2개씩만 더 준비한다. 빨래해 마르지 않을 경우를 대비하여 여유분 하나를 더 준비한 것이다. 위 속옷 중 하나는 브래지어 겸용으로 준비하여 속옷의 개수를 조금이라도 줄였다.

4. 겉옷

- 상의 2개, 하의 2개. 숙소용 상의 1개, 숙소용 하의 1개, 얇은 겉옷 1개, 두꺼운 겉옷 1개, 겉옷 주머니 1개

옷은 모자라거나 계절이 안 맞으면 언제든지 살 수 있다. 많이 준비할 필요가 없다. 계절에 맞게 준비하지만, 여름이라도 갑자기 추워지는 날씨를 대비하여 무게와 부피가 나가지 않는 얇은 파카 정도는 준비하는 것이 좋다.

5. 전자기기

- 핸드폰과 충전기, 카메라와 충전기, 태블릿과 충전기

핸드폰, 카메라, 태블릿 모두 여행의 기록을 위해 중요하다. 전기충격기를 호신용품으로 준비하였으나 아무 쓸모가 없어 여행 한 달도 되지 않아 집으로 돌려보냈다.

6. 식기와 음식

- 전기라면기, 가벼운 통, 수저, 그릇, 컵, 누룽지, 잎차

전기라면기를 가지고 다니며 아침과 저녁으로 누룽지를 끓여 먹었다. 하루 세끼의 음식을 다 사 먹는 것은 힘든 일이다. 간단히 끓일 수 있는 전기라면기가 많은 도움이 되었다. 하루를 마치고 돌아와 마시는 차 한 잔은 피로를 풀어주고 편안한 여유로움을 주었다.

7. 기타 용품
- 우산, 우비, 호각, 호신용 스프레이, 등산스틱, 소시지, 가방 덮개, 두건, 부채, 모자, 물티슈, 빨랫줄, 빨래집게, 비닐봉지, 손톱깎이, 가위, 테이프, 선글라스, 안경, 펜, 작은 책, 메모장

매일 옷을 빨아 입어야 하기에 빨랫줄은 필수다. 빨래집게도 필요하다. 하루 만에 빨래가 마르지 않는다. 선풍기를 틀어 말리려면 빨래집게의 도움을 받아야 한다. 작은 비닐봉지가 있으면 젖은 빨래를 담아 갈 수도 있고 점심을 챙겨 나갈 수도 있다. 소시지는 목줄 풀린 개를 만났을 때 안전을 위해 유용하게 쓸 수 있다. 버스를 기다리거나 잠시 쉬어 갈 때 읽을 작은 책이나 시집이 있으면 좋다. 멋진 풍경을 바라보며 읊는 시 한 수 얼마나 멋진가.

이제 모든 준비는 끝났다.

어디로든 떠나자. 진정으로 원하는 삶을 만들어가기 위해, 내면에 감춰진 꿈을 펼치기 위해, 아직 미개발 상태의 뇌를 개척하기 위해, 오롯이 선 홀로를 살아가기 위해. 꼭 멀리 가야만 하는 것도 아니다. 심적 거리가 적은 곳부터 시작하자. 내가 사는 곳을 걷는 것도 특별한 여행이다.

나의 홀로 여행은 아주 우연히 시동이 걸렸다. 생명의 숲에서 발간한 월간지 『숲』을 읽고 있었다. 신간을 소개하는 코너에서

산티아고 순례길을 다녀온 여자가 쓴 책을 보았다. 나도 해보고 싶다는 마음이 일었다. 이 여자도 했는데 나라고 못 하겠어. 이후 만나는 사람마다 산티아고 순례길을 가겠다고 자랑하기 시작했다. 다녀온 것도 아닌데 자랑부터 시작했다.

그리고 춘천부터 걷기 시작했다. 우선 매일 차로 출퇴근하던 길을 걸었다. 항상 다니던 길도 첫걸음이라 두려웠다. 그래서 가까이 지내던 분에게 같이 걷자고 부탁했다. 그러자 하던 분이 당일이 되자 갑자기 일이 생겨 못 간다고 했다. 너무나 걷고 싶었기에 막 화가 났다. 약속을 어긴 사람 때문에 길을 걷지 못하는 게 슬펐다. 혼자라도 걸을까? 그만둘까? 여러 번 망설였다. 마침내 마음을 굳게 다지면서 혼자라도 걸어보자고 자신을 추슬러 세웠다. 그것은 정말 좋은 결정이었다. 너무나 행복한 걸음이었다.

춘천 석사동을 출발하여 학곡리를 거쳐 원창고개를 넘어 새술막을 돌아 학교에 도착했다. 차로 20분 정도 걸리는 11킬로 정도의 길을 온종일 걸어갔다가 돌아왔다. 인도가 없는 찻길을 걸어야 하기에 위험한 곳도 있었다. 쌩하고 지나가는 차에 날아가려는 모자를 잡아야 했다. 그래도 매일 그냥 스쳐 지나가던 길 위에서 보랏빛으로 피어난 털을 보송보송 뒤집어쓴 할나물을 만났다. 연한 노오란빛으로 피어난 꽃 가운데 또 하나의 진붉은 꽃을 피운 듯한 수박풀도 처음으로 보았다. 그저 지나쳐가기만 했던 정자에 앉아 다리를 쉬었다. 길옆 복숭아밭에 들어가 복숭아도 잔뜩 샀다. 옥수수를 쪄서 팔고 있는 아주머니가 걷고 있는 나를 궁금해하기에 수다도 벌였다.

점점 길이 내 가슴속으로 들어왔다. 그동안 차를 운전하며 수없이 이 길을 오갔다. 그런데 이렇게 걸어가니 처음으로 길과 만나는 느낌이었다. 지나가며 손을 흔드는 차와 세련된 색깔을 자랑하던 고마리 무리, 소소한 만남이 내 가슴으로 들어와 그냥 무생물이던 길을 감성 가득한 길로 만들었다. 돌아오며 약속을 지키지 않은 사람이 고맙기까지 했다.

가장 익숙한 곳부터 여행을 시작해보자. 나처럼 매일 오가던 길이어도 좋고, 친구네 집을 찾아가는 길이어도 좋다. 그 시작이 중요하다.

이제 홀로 여행의 문을 열었다. 혼자라도 어디든 당당히 갈 수 있다. 우리는 모두 자유인이므로.

이 해를 따다가 두 손에 받쳐 들고, 첫 영화 개봉을 앞두고 있는 딸의 앞길을 밝혀주고 싶다. 우리 땅 모든 젊은이들의 앞날을 양양하게 비춰주고 싶다.

딸과 함께하는 여행

오랜만에 딸을 만나 함께 여행하였다.

3월 1일 떠나기 전날 보고 2개월 만에 만나는 것이다. 한나절이 다 걸려 내려온 딸이 너무나 반가워 만나자마자 안아주고 뽀뽀도 해주고 아주 행복한 상봉을 했다.

세상에서 가장 예쁜 딸과 함께 여행한다고 싱글벙글 입이 귀에 걸렸다. 나도 여느 사람들처럼 자식 앞에 서면 바보가 된다. 그냥 옆에만 있어도 좋다. 내 딸이고 내 아들이라 자랑하고 싶다. 오늘 딸과 행복한 하루를 만들고 싶다.

함평은 나비축제가 한창이었다. 노랗게 유채꽃이 피어난 길을 걸어 함평 나비축제장에 들어섰다. 알록달록 화려한 꽃들과 싱그러운 초록이 어우러져 낙원에 온 듯 아름다웠다. 천지사방 팔랑팔랑 날아다니는 나비들을 눈으로 따라다니기도 하고, 주렁주렁 매달린 예쁜 단호박을 구경하기도 하며 축제장을 돌아다녔다. 낮은 곳의 물을 높은 논으로 끌어올리는 논에 물 대기 체험, 새끼돼지와 토끼를 잡기 위해 벌어지는 한바탕 질주, 진흙탕을 손으로 더듬으며 온몸을 던져 미꾸라지 잡는 모습들은 바라보기만 해도 덩달아 즐거워졌다. 함평 나비축제장에는 놀다가 쉬다가 먹다가 구경하면서 온종일 즐길 수 있는 것들이 가득가득하였다.

아주 많은 사람과 몰려다니다 보니 조금은 한적한 시간을 갖고 싶어졌다. 우리는 바다를 보러 돌머리해수욕장으로 갔다.

바다는 언제 만나도 즐거운 곳이다.

"야아, 바다다!"

그저 너른 물을 본다는 것만으로도 좋아 시원한 환호가 일었다. 내 몸의 70%가 넘는 물이 동지를 만나 기뻐하나 보다. 온몸이 긴장을 풀고 잔잔하게 일렁였다.

우리는 파도가 가볍게 찰랑거리는 바닷가를 거닐었다. 해변과 이어진 오솔길을 산책하고 돌머리 바위에 앉아 그동안 밀린 이야기를 나눴다. 딸이 가방을 열더니 예쁜 꽃무늬 편지를 건네주었다. 며칠 있으면 다가올 어버이날을 생각하며 편지를 썼나 보다. 고마운 마음에 함박웃음 얼굴이 되어 편지를 읽기 시작했다.

사랑하는 엄마!

여행하며 살아가는 엄마와의 여행이라 더 특별하게 느껴지네.

엄마에게 내려오며 여행이 뭘까? 생각해봤어.

새로운 것을 만나는 모든 순간이 여행일지도 모르겠다는 생각이 들더라고.

우리가 살아가는 모든 순간이 여행일 거야.
그리고 사람과 사람이 만나 시간을 보내는 건 내 인생의 일부를 서로 나누는 거라는 대사를 들었어.
이 순간 새로움을 함께하고 내 인생의 일부를 나누게 되어 기뻐 엄마.

처음엔 걱정도 많이 했는데
지금은 여행하며 사는 엄마가 얼마나 감사한지 몰라.
어디로 튈지 모르는 내 일을 이해해주는 엄마를 느끼며 요즘 더 감사한 마음이야.
그런 엄마에게 보답을 꼭 하고픈데…… . 이 일이 워낙 그런 걸 가늠할 수 없어서…… .
그래도 매 순간 그 순간 모두 함께한다고 말해줘서 힘을 내고 있어.

50년도 넘게 세상에서 살았는데도 여전히 순수와 열정을 꿈꾸고 행동으로 실천하는 엄마의 삶을 존경해.
나도 그렇게 순수하고 뜨겁게 살아가고 싶어.
요새 들어 엄마의 못 보던 모습들을 많이 보게 돼.
불평 한마디 밖으로 내비치지 못하던 엄마가
아빠한테 밥해주기 너무 싫었다고, 아빠 얘기하니까 눈물 난다고, 시간 약속 늦는 거 이해가 안 간다고…… .
난 엄마의 그런 모습이 얼마나 사랑스럽고 감사한지 몰라.

나한테 얘기해줘서 표현해줘서 정말 고마워.

그런 마음은 다 묻어놓고 오랜 시간 우리 가족을 품어온 엄마가 얼마나 힘들었을까를 생각해 봐. 우리 엄마 가여운데 그보다 더 고마워.

삶이 엄마에게 정말 녹록지 않았는데 나랑 영빈이 지금까지 품고 안고 와줘서 정말 고마워.

이제는 그동안 슬펐던 거 슬퍼도 되고, 울음 참아야 했던 거 참지 않아도 되는 때가 드디어 엄마에게도 왔나 봐.

엄마가 맘껏 행복하기를 바래.

사랑해 엄마. 언제나! 항상!

세상에서 엄마가 제일 좋아.

2017. 4. 30.

뭉클해진 가슴으로 편지를 읽었다. 어느새 홀쩍 자란 딸이다. 옆에 앉은 딸의 손을 꼬옥 잡아주었다. 앞으로 펼쳐진 바다가 여전히 잔잔하게 일렁이고 있었다. 우리는 한참 그렇게 앉아 있었다. 딸에게 말을 건넸다.

— 편지 고마워! 우리 딸은 엄마보다 더 성숙한 것 같아. 이렇게 엄마를 이해해주고 응원해주고.

— 그때가 영빈이가 대학 입시를 준비할 때였지? 처음으로 엄마가 전국 여행을 1년 동안 가고 싶다고 말했을 때가?

— 그런가? 그때쯤이었던 거 같다.

— 내 대학 입시가 끝나자마자 엄마가 제주도로 출발하는 걸 봤기 때문에 사실 그다지 놀라지는 않았어. 다만 혼자 가는 긴 여행이라 안전도 걱정이 되고, 그때 한창 납치에 대한 소문이 엄청 돌 때였잖아. 또 국내 여행을 1년 동안이나 돌아다니기엔 좀 긴 일정이 아닌가 싶은 생각이 들기도 했어. 그런데 1년이 넘었는데도 계속 여행을 하고 있네.

— 엄마가 좀 추진력이 있지? 하고픈 것을 해내고 마는. 대안학교 교사 생활을 해서 그런가? 처음엔 그냥 좋아서 여행했어. 그런데 점점 여행을 하면서 이 여행을 통해 우리 나이든 아줌마들도 원하면 무엇이든 할 수 있다는 것을 보여주고 싶다는 생각이 들어. 특히 잘나고 특별한 사람만이 아니라 엄마처럼 어리숙하고 평범한 사람도 멋진 여행을 할 수 있다는 것을 말이야.

— 엄마는 아빠가 돌아가시기 전과 후로 다른 사람처럼 느껴져. 아빠는 나를 세상에서 제일 사랑해주었지만, 좀 많이 가부장적인 사람이었지. 엄마는 내 눈에도 아빠의 그늘 속에 있는 여린 사람처럼 느껴졌어. 그러던 엄마가 아빠가 돌아가신 지 한 달 만에 운전면허를 따고, 운전한 지 한 달 만에 한계령을 넘어보자고 하고. 기억나? 엄마는 멋지다고 감탄하는데 나랑 영빈이는 손잡이를 꼬옥 붙들고 제발 앞 좀 보라고 막 소리 질렀잖아. 그리고 나 입시가 끝나자마자 그때 유명하지도 않았던 제주 올레길을 완주하고, 젊은이들도 힘들다고 하는 산티아고길 순례를 하러 간다고 하고.

─ 사람들 내면에는 다 꿈틀대는 또 다른 내가 있을 거야. 엄마가 혼자 되면서 내면의 원함을 펼칠 수 있는 시간적 여유가 생긴 것 아닐까?

─ 엄마가 떠나는 첫날 캐리어 사진 보내줬잖아. 아니 엄마 몸보다 큰 캐리어를 들고 전국을 돌아다닌다니⋯⋯. 생각보다 쉽지 않은 여행이 될 수도 있을 것 같다는 생각이 들었어. 중간에 돌아올 수도 있겠다 싶기도 하고.

─ 나도 걱정이 되기는 했지. 고맙게도 큰일 없이 즐겁게 여행을 할 수 있어서 얼마나 고마운지 몰라.

─ 영빈이는 엄마 여행에 왔었어?

─ 아니. 온다 온다 하면서도 못 오네. 그래도 다행이야. 열심히 공부하느라 못 오는 거잖아. 늦게라도 공부의 맛을 알고 즐겁게 공부하는 것만 해도 얼마나 고마운지 몰라. 영빈이가 클래식 작곡 공부한다고 재수에 재수를 할 땐 마음이 답답하더라고. 어떤 공연을 보러 갔는데 남자 연주자들이 여럿 나와 서서 악기를 연주하는 거야. 그런데 음악은 둘째 치고, 저 사람들은 잘 벌어 먹고살고 있나 걱정이 먼저 됐어. 솔직히 음악을 그만두고 입시를 시작한다고 할 때 너무나 안심이 되었어.

─ 큰일이네. 나는 아직도 연기하고 있는데.

─ 요즈음 하는 일은 어때?

─ 요즘엔 필라테스 강사로 수업하느라고 바빠. 연기작업은 거의 못 하고 있고. 작년에 찍었던 독립영화 있잖아. 이

제 곧 개봉해.

— 와아! 정말 잘 됐다. 빨리 보고 싶다. 땡볕에 달리기 하
는 거 찍느라고 엄청나게 고생했잖아. 대박 나라고 엄마가
기도할게.

— 뭐 나는 경보라서 많이 뛰진 않았는데, 좀 기대가 되기도
해. 극장 개봉이라니……. 근데 막상 지금 하는 작업이 없
어. 맘 같아서는 빨리빨리 치고 갔으면 좋겠는데.

— 너무 힘들어하지 마! 엄만 햇살이가 꼭 유명한 배우가
되지 않아도 좋아. 그냥 하고픈 일을 하면서 행복하게 살았
으면 좋겠어.

— 정말? 근데, 하고픈 일 하면서 행복하게 살면 절대 독립
하지 못할 텐데. 독립하려면 다른 길을 선택해야 하는 거였
나? (웃음)

딸은 연기과를 졸업하고 이제 막 본격적으로 연기를 시작
했다. 무명의 기간이 있어야 그 무명을 거름으로 유명을 얻을
수 있다지만 딸에게 그 길은 멀게만 보일 것이다. 생계라도 해
결하려고 알바를 하고. 틈틈이 필라테스 레슨을 하고. 오디션
이 들어오면 혼신의 힘을 다 쏟아내지만 수많은 탈락을 경험하
고……. 듬직하게 엄마를 격려하고 있는 딸의 작은 어깨가 무거
워 보였다.

어디 우리 딸뿐이랴. 우리 땅 모든 젊은이들의 어깨가 다 가
볍지 않을 것이다. 좁은 취업 문, 높은 사회진입 장벽, 멀어진

결혼. 꿈을 꾸기도 힘들지만, 잡을 수 있는 꿈인가 싶어 꿈이 있는 것조차 슬픈 청년들. 보이지 않는 출구를 찾으려 이리저리 뛰어다니는 모습이 안타까울 뿐이다. 우리 세대는 가난하게 크기는 했지만 하려고만 하면 일자리를 찾을 수 있었고, 어렵지 않게 자리를 잡아갈 수 있었는데 말이다.

이제 해가 하루를 마치고 바다에 내려앉으려 준비하고 있었다. 하늘과 바다를 붉게 물들이며 내가 쳐든 손바닥 위에 담길 만큼 내려왔다. 이 해를 따다가 두 손에 받쳐 들고, 첫 영화 개봉을 앞두고 있는 딸의 앞길을 밝혀주고 싶다. 우리 땅 모든 젊은이들의 앞날을 양양하게 비춰주고 싶다.

'얘들아! 힘내!'

'이 태양은 너희 것이야!'

'너희 발걸음을 축복하고 기도해줄게'

'지금은 많이 힘들겠지만, 내가 만났던 할머니가 '고생 끝은 꼭 온다'고 했어. 나는 그 말을 믿어. 이 땅의 모든 젊은이들, 화이팅!'

해가 길게 펼쳐놓은 금빛 융단이 바닷물결 위에서 반짝이고 있다. 우리가 걸어가는 길이 이렇게 빛날 거라고 미리 보여주는 걸까? 보석처럼 빛나고 있는 물살이 잠시 가라앉으려 했던 마음을 다시 환하게 밝혀주었다.

— 이렇게 우리 딸이랑 같이 여행하며 얘기 많이 하니까 참 좋다.

— 난 사실, 엄마가 빨리 집에 왔으면 좋겠다는 생각이 들기도 했어. 집에서 빨래해주고 밥해주는 엄마, 춘천 집에 돌아갔을 때 집에서 기다리는 엄마가 그리워. 엄마가 여행을 너무 행복하게 하는 것 같아 평생 여행을 하면 어쩌나 걱정도 되고.

근데 이런 고민을 친구들에게 털어놓으니까, 친구는 오히려 '우리 엄마가 너희 엄마처럼 살았으면 좋겠어. 자기 삶을 살았으면 좋겠어'라 하더라고. 순간, 좀 아차 싶었어. 자식이 커가면서 부모가 자식을 놓아줘야 하는 것처럼, 자식도 부모를 놓아줘야 하는가 봐. 엄마의 방식대로 삶을 즐기고 있는 엄마를 있는 그대로 바라봐주고, 엄마의 역할에서 조금은 놓아주어야 하는 것이지. 이상하게 들릴 수도 있겠지만, 자식의 입장으로 엄마를 놓아주는 것도 쉽지 않은 일이야. 하지만 난 엄마가 내 삶을 얼마나 존중하고 있는지 알고 있어. 엄마가 나의 삶을 엄마 마음대로 흘러가게 하려고 하지 않는 만큼, 나도 우리 엄마가 살고 싶은 삶을 살게 존중할 수 있어야 하는 걸 거야.

우리 엄마이기도 하지만, 박미희라는 한 사람이니까. 그렇게 한 발 물러서서 바라보니 50살이 넘어서도 저렇게 하고 싶은 게 많고 앞으로도 많을 것 같은 모습이 정말 부러웠어. 닮고 싶었어. 나도 50살에 저렇게 하고 싶은 게 많았으면 좋겠다는 생각이 들었어. 그래서 엄마에게 '오십 살 때 나도 엄마처럼 살았으면 좋겠다'고 얘기했던 거야. 나를 낳

아주고 길러준 사람에게 당신처럼 살았으면 좋겠다고 말할 수 있다는 게 얼마나 가슴 벅차고 감사한 일인지……. 내가 말하고 내가 더 감동하였어.

— 우리 예쁜 딸, 엄마보다 마음이 훨씬 넓고 크네.

— 아냐. 그러면서도 엄마가 해주는 밥은 먹고 싶어. 그렇지만 이 여행이 끝나면, 이제 또 엄마의 발걸음이 어느 방향을 향할지 기대가 된다. 10년 뒤, 20년 뒤, 엄마는 어떤 사람이 되어 있을까 궁금하기도 하고. 어떤 모습이어도 좋으니, 엄마가 건강하고 행복하게 살아갔으면 좋겠다. 어느 방향을 향하든지 엄마의 한 발 한 발을 응원해.

— 히힛. 우리 딸한테 칭찬 가득 들으니 어깨가 으쓱으쓱하네. 앞으로 자주 놀러 와. 우리 이렇게 손잡고 걸으며 좋은 추억 많이 만들자.

— 나도 그랬음 좋겠다. 자주 오도록 애써볼게. 사랑해.

짙어진 황혼을 뒤로하고 딸의 손을 잡고 말없이 걸었다.
딸과 나눴던 말들이 여전히 귓가를 맴돌고 있다.
"나도 엄마처럼 살았으면 좋겠어……."
그 소소한 한 마디에 가슴이 촉촉해져왔다.
나, 박미희. 지금 잘살고 있다는 것을 딸의 한 마디로 확인하는 순간이었다.

여행을 정리하기 위해 여행일기 A4 1,400여 페이지를 뒤적이었다. 테마별로 항목을 정하고, 주제를 정하고 글을 정리하기는 쉽지 않은 과정이었다. 글을 쓰는 전문 작가들과 비교해 문장이 많이 어색하고 서툴 것이다. 그럼에도 불구하고 이 글을 쓴 이유는 나와 같은 연배의 50대 갱년기를 맞는 분들과 나의 여행을 공유하고 싶어서이다. 자신의 삶은 생각도 못 하다가 갱년기를 맞은 이 땅의 엄마들에게 인생의 후반기를 갱년기 우울증이 아닌, 즐겁고 행복한 삶으로 채울 수 있음을 전하고 싶었다.

가까이 지내는 분에게 초고를 보여주었다. 글을 읽은 그분은 왜 이렇게만 살았는지 모르겠다며 올레길을 걸으러 제주도로 떠났다. 그리고 시간이 날 때마다 며칠이라도 제주도를 다녀온다. 그 모습을 보며 출판의 용기를 내게 되었다.

책에 담지 못한 이야기들이 많다. 다른 자리에서라도 만나 못다 한 이야기들을 나눌 기회가 있기를 기대해본다.

책이 출판되어 나올 수 있게 도와준 협성문화재단, 박경희 작가, 친구 명희, 귀정 그리고 글을 쓸 수 있도록 집을 빌려준 친구 수연 부부에게 진심 어린 감사의 마음을 전한다.

협성문화재단 NEW BOOK 프로젝트 총서

우아한 여행

초판 1쇄 발행 2019년 12월 20일

지은이 박미희
기 획 (재)협성문화재단
　　　　부산시 동구 중앙대로 360(수정동) 협성타워 9층
　　　　t. 051-503-0341 f. 051-503-0342
발 행 산지니
　　　　등록 2005년 2월 7일 제333-3370000251002005000001호
　　　　부산시 해운대구 수영강변대로 140 BCC 613호
　　　　t. 051-504-7070 f. 051-507-7543

ISBN 978-89-6545-634-6 03810
ⓒ 박미희